三民叢刊 106

文學人語

高大鵬著

三民書局印行

自序

高大鵬

這是在久病中勉力集結而成的一本書。

書中的文字多是過去發表在各報副刊上的專欄、評論。回想當時能夠下筆千言、不眠不休，而今一病半載，隻字難出，撫今追昔，自是有不少感慨。

病中時常想起太史公司馬遷受腐刑後發憤著述的那一段沈痛的獨白，不期這段獨白竟成為我今日的心聲！

文學是我永遠的戀人，我會永遠寫下去！「文學人語」——文學的話、人性的話，永遠都是這個世界所最需要聽見的話——我，會永遠說下去！寫下去！

文學人語

目次

談書

文存

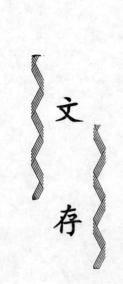

化作彩雲飛

——暮春觀畫抒感

這次法國印象派大師莫內在故宮的特展，我先後上山去看了兩次，相關文字也寫了多篇，但心中的感觸卻是說不完的！其實這次展出的並非莫內最重要的代表作品（如「日出」、「印象」、「盧昂教堂」等），因爲這些畫已列爲世界級國寶，根本不許「出國」。然而，即使面對他比較「次要」的作品，也足以令人感動、令人起敬，令人低徊再三而戀戀不能去之了！

兩次徘徊在「紛紅駭綠」、「浮光躍金」的畫廊裡，最深的感觸倒還不在畫作本身，而尤在於對人生意義之更深一層之領悟。印象派，眞是畫如其名，旨在捕捉浮生刹那之印象，稍縱即逝之片段，眞如詞人所說：「眼看惟恐化，魂斷欲相隨！」又如謫仙所詠：「常恐歌舞散，化作彩雲飛！」更似坡仙所嘆：「此生此夜不常好，明月明年何處看！」或許是受了東方繪畫之影響吧？印象派諸子的心靈確乎和我們的詩人詞人有靈犀相通之處！我後來看到莫內在妻子臨終前還要用筆捕捉她臉上最後一刹那光影氣色之微妙而急遽的變化時，更有一種說不出的沈重的悲劇感！這是眞正一個忠於藝術也忠於人生之大畫師啊！有什麼能比「眼看惟恐化，魂斷欲相隨」這兩句中國小詞更能說明莫內當時的心境呢？而這本是中國詞人的心境啊！

「大凡好物不堅牢，彩雲易散琉璃脆！」春花秋月，往事多少！這是過了中年，人人都有的感觸吧！然而唯獨詩人詞人畫人能把這飄忽的感受，刹那的印象藉著彩筆永遠留存下來，刹那與飄忽也就化爲不朽與永恆了！這樣看來，藝文應是人間第一有價値的事，眞如曹丕所謂「經國之盛事，不朽之大業」！能夠把飄忽無常的人生，稍縱即逝的印象化爲不朽的彩色聲音與文字，與天地而共老，並日月而爭光，這，是眞正的「榮華富貴」、眞正的「蓋世功名」！

因此，看見許多前輩師長退休後，或習書法或治丹青，我私心裡總爲他們高興！說起來，人生勤苦一世，太半是「自笑平生爲口忙」過了！再加上中國人的特色：「俯生甘作孺子牛」，九牛二虎費盡心機換來的不過是勞苦煩愁、生老病死而已！「功名富貴」那一點虛幻的滿足，分析到頭也不過是一種「自我膨脹」。爲了掙得這一點恍兮忽兮、飄兮渺兮的自我陶醉感，蹧蹋的卻是眞實人生不可重來的分分秒秒；合計起來還是得不償失的！「忽見陌頭楊柳色，悔教夫婿覓封侯」這不止是少婦思春話，而正是高人悟道語！

我高中時代的一位恩師——高佩文女士從杏壇退休後，也投入了習畫的行列，多年來已卓然自成一家，在我們這些老學生的慫恿下決定開畫展了！我對畫是外行，對老師的丹青造詣不能置一詞。但人生勞苦一世而能悠遊晚歲，這是人生至福！當晚霞滿天，能盡收之毫端，更是上不負造化、下不負此生！人生天地間，即使骨肉至親，也還是有閒隙、有猜防的，只能求盡心，不堪寄至情，更何況此外悠悠者！唯有一筆在手，與造化同遊，與精靈共聚，與天地精神相來往，與飛潛動植同脈動，與風雲花鳥通呼吸，這，才是人生的至樂吧！若能將桃李往事，師生舊情一一指出、細細描成，那更是何等旖旎溫馨之美事！何等流芳杏壇之佳話！

莫內的畫要回法國了，我師展完了畫也要回美國了。春風一去，燕子低徊：往事依稀，只有向畫中去追尋了！

中國人與印象派

遠從法國專程來臺展出的「莫內在故宮」特展，到本月二十五號，終於功德圓滿，告一段落了！大體而言，這確是一次很成功的展覽，既叫好也叫座，堪稱雅俗共賞、老少咸宜，不論在推動藝術欣賞大眾化，或藝術交流國際化方面，都有其突破性的成就，值得肯定，也值得再接再厲再突破，讓國人在即將邁入二十一世紀的前夕，除了向世界誇耀財富以外，也能在文化內涵上、藝術修養上同時趕上國際水準，進而具備藝術文化上「世界公民」的資格。

這兩個月來，討論莫內及印象派的相關文字不可謂之不多，然而綜觀這一陣的「莫內熱」——卻似乎熱度有餘，而深度不足。其中最顯著的缺失在於：一、對於印象派及其畫作缺乏歷史性的宏觀。二、對於中西藝術的異同，缺乏知己知彼的體認。這一方面如果不予以加強，以後類似的展覽（比如六月就要來臺的羅丹作品展），雖熱鬧一陣，最終也難免像一次文化大拜拜，變成爲市民消閑活動（只不過消閑得比較高雅一些），而失去了在歷史文化層面上反省和比較的意義以及在畫藝上更近一步的切磋，更深一層之會通的可能。

從文化的宏觀上來看，印象派之出現於西歐畫壇絕非偶然，而係近代文化精神在藝術上的一個反映。值得注意的是：在題材方面，傳統的宗教主題迅速流失了，取而代之的乃是世俗的人物，日常的生活。在以法國、西班牙爲主的拉丁畫家筆下，更表現出「享樂主義」的人生態度——艷麗的色彩、絢爛的光線、多彩多姿的市民生活、花園錦簇的風光景致、如夢似幻的浪漫情調……這是一種很典型的中產階級亟欲享受現實人生的「意識型態」。它之所以歷久不變地廣受此間畫迷的歡迎與熱愛，也就不足爲怪了。印象派寧取刹那的沈醉、短暫的滿足，而不再縈心於難以捉摸的大主題，如：「永恆」、「不朽」、「超越」……從他們的取材和技法上都明顯表現出這一偏向。中國文化本是相當「世俗化」的一種文化，百年來大家又都窮怕了，因此對於印象派這種世俗的、享樂主義的傾向自是一拍即合，印象派畫能「稱霸」臺灣幾十年至今未見代替者，是有其社會心理和文化背景的。

由於這種文化背景和社會心理因素，一般國人多只看到印象派的成就，而忽略了它的「割捨」和「損失」，同時也未能注意印象派以後西方藝術的後續發展，如此一來，不但影響了客觀的判斷，也局限了美學的視野。就印象派本身而言，它有得於對現實當下的捕捉，卻有失於形上的、超越的深度，而其對現實當下的把握也失之於清淺浮泛。因此後來的表現主義就反其道而行之，專事挖掘人生的陰暗醜惡面。超現實主義則更刻意暴露人類非理性的潛意識世界。達達主義則索性解構一切既有秩序，拆穿一切人爲的「色相」之美的神話。繼印象派之開除「神」，現代藝術則連「人」也開除了。

在傳統與現代之間，印象派確實佔有一個特殊的地位，它是一個轉捩點和分水嶺，從它以前的宗教精神，到它以後的人本主義，正好反映了西方文化的重大轉變。這一轉變也深刻改變了東方社會。唯有能夠了然於這一變化的來龍去脈和它的所得和所失，我們對西方藝術的欣賞才不致局限在「休閑」、「娛樂」的層面，進而能從一個比較和批判的基礎上，建立起我們自己的品味和創意。

遠山含笑

——新春聽「梁祝」有感

春節沒事，在家裡聽音樂，我選了西方最偉大的三位音樂家：巴哈、莫札特和貝多芬，特別是歌劇「魔笛」和「合唱交響曲」，我始終認爲，這兩首樂曲和巴哈的「馬太受難樂」，是西方音樂史上的三座大山，三個主峰，是西方所出現過，甚至是所能出現的最偉大的三件作品了！

新春聽這些傑作，令人精神抖擻，意興風發，正所謂「一元復始，萬象更新」！從這三首大曲出現的前後次序，也看出西方文明由宗教籠罩逐漸過渡到人文抬頭的明顯痕跡。巴哈音樂純然是教堂裡的東西，莫札特則是「天人之際」的產物，至於貝多芬，則儼然是人類精神要上達於天的悲壯表現了。換言之，巴哈是「天而人者」之神僕、莫札特是「天際眞人」如天使、貝多芬則是「人而天者」之聖雄了！雖然他們「由上而下」或「由下而上」的過程不同，極其致也，卻已臻於「天人合一」的化境。啓蒙時代的大音樂家猶如文藝復興時期的大藝術家，在「天人合一」這一點上，有著異曲同工的偉大表現。

西方音樂之外，我一時心血來潮，又聽了咱們中國的一齣名劇——「梁山伯與祝英台」，黃梅調的「俗」曲，可是在我聽來，和那三位西方樂聖的作品同屬「聖樂」！儘管它的腔調彷彿「世俗」的，但其精神的底蘊實在是「神聖」的，或確切地說，是「天人合一」的，和「魔笛」及「合唱」並無二致。它能感動千千萬萬人屢映不衰成爲經典，就證明它裡面有一些不平凡的東西暗合於道，它觸及了所謂的「終極關懷」，此之謂「聖」！

在「梁祝」裡出盡風頭的自然是凌波，她一亮相所唱的「遠山含笑」，一下子抓住了所有中國人的心——這眞是一個好彩頭，預兆了一顆新星的似錦前程。這支「遠山含笑」在當時幾乎是家絃戶誦，人人都能琅琅上口的「國歌」，然而直到二十多年後我才聽出它的奧妙！它實在是中國人的「神曲」，它唱出了中國人心裡的「宗教」！

山水本無所謂哭笑，但詩人見他含笑，並非自作多情，因爲中國人本來相信有一位全能全善又多情的造物主，所謂「江山有待，天地有情」。「樂天知命」的中國人所見的遠山自然是會笑的了，這一笑裡，有對宇宙和人生的肯定。接著「春水綠波映小橋」，「春水」是自然，「小橋」是人文，自然與人文渾然打成一片，是「天人合一」之一景，自然與人生絕無對立矛盾之態。再下來「行人來往陽關道」，表現出人際關係之活絡，「禮尚往來」，絕無疏離隔絕之態。接著「酒帘兒高掛紅杏梢」，則看出中國人並不走禁欲出世的「清教主義」，生命如酒、自然如畫，酒旗杏花，何等健康、何等醉人！「綠蔭深處聞啼鳥」，大有「萬物並育而不相害」的「伊甸」氣象——「眾鳥欣有託，吾亦愛吾廬」的陶潛也不過如此！最後「柳絲兒不住隨風飄」，則儼然有大易「未濟」之概，所謂「江山無盡願無窮」，不過表現得較飄逸較灑脫罷了！

中國自周公將宗教轉化於禮樂，將信仰融化於人文，使宗教信仰生活化藝術化人性化了，不那麼著形跡，而更活潑更自然也更「致廣大」而「道中庸」了。由「遠山含笑」看出盈天地之道是一個「仁」字，仁者樂山故能笑！而梁祝生死以之、幽明不二的至情則明顯道出「一陰一陽之謂道」的眞諦，眞是「百姓日用而不知」的至道哩！「誠者天之道，誠之者人之道」，至誠至情至性就是屬靈，就是「聖」，聖俗不二，天人合一，這種境界西方要到莫札特以後才捉摸到，這是「梁祝」的偉大處，在這一點上，巴哈還要瞠乎其後呢！

清明與復活

對一般中國人來說，「清明」，應該是個悲哀的日子吧！「清明時節雨紛紛，路上行人欲斷魂」，杜牧的名句，很能寫出千古以來國人哀清明之心聲！哀死樂生，本是人之常情，是世界性的通例。然而，西方國家卻沒有一個全民共同紀念死者的日子，而只有個人或家族性的紀念日。相較之下，確實可以看出，中國是個「愼終追遠」的民族。

不過，若從一些古畫和民俗來看，清明除了寒食掃墓這些「悲劇性」的活動以外，它也有許多可樂可喜的「喜劇性」節目，比如：踏青、遊春、踢球、放風箏、盪秋千、揷柳枝等等……試看名畫「清明上河圖」就知道，清明不完全是個悲哀的日子，它也是一個蓬勃熱鬧、萬民同樂的日子。只不過因爲掃墓如今成了清明唯一的活動，而杜牧那首詩又壓倒了古今一切清明之作，清明節遂予人一片悲哀的印象了。其實，清明不但不止掃墓一項節目，清明的詩也不止杜牧那一首，比如宋人吳惟信就有一首〈蘇堤清明即事〉的詩，他是這樣寫的：「梨花風起正清明，游子尋春半出城，日暮笙歌收拾去，萬株楊柳屬流鶯」，描寫清明遊春的愉快心情和歡樂景象，正足以證明清明在傳統上不止是「可泣」，同時也還「可歌」，眞是一個「可歌可泣」的大日子。

清明時當節氣之交，正是春暖花開，萬木抽條的時節，萬物欣欣向榮，人心也躍躍欲動，從大自然到小動物、小植物，都洋溢著「出死入生」的回春氣氛。當然，人也不例外，因此可以說，清明可以說是中國人的「復活節」吧！在上古先民的信仰中，看見萬物逢春復生，直覺中總認爲人死也會復生，死而復生的「神話」遂流傳於各古老民族和原始社會——希臘、羅馬、埃及、印度，包括中國都不例外。這「死而復生」的神話，遂成爲宗教人類學著名經典《金枝》的主題。我個人以爲，中國人之封樹、修墓、祭掃等活動，在開始時並不完全是爲著愼終追遠的純人文性活動。

紀念先人之意，還是後來儒家所給予的人文化詮釋。對於死者的「陰宅」、「風水」重視到這種地步，對於葬禮祭禮講究到這種境界，足以看出先民對「不朽」有一種信仰，對「復活」有一種期待。試觀《詩》、《書》、《易》、《禮》這些上古典籍，乃至於殷墟出土的許多地下文物，很可以看出先民對來世、復活、團圓確有一份期待，與埃及之「墓穴文化」頗有相近相通之處。我相信這是極其古老的風俗，是普世性的信仰，在大地回春，萬物復甦的季節裡行祭掃之禮，實在暗示了全人類都要復活，全世界都要復興更新的原始信念。

西方社會沒有全民掃墓的節日，但是他們有一個「復活節」，倒是全民慶祝救主基督死而復活的榮耀大日。描寫復活的藝術文學無以數計，歌頌復活的音樂詩歌更多如海沙。復活節一到，到處教堂客滿，萬民歡欣鼓舞，鐘聲響徹雲霄的盛況絕不亞於我們的清明。同樣春暖花開，萬木抽條，「清明節」著重在「自然性」的復活，而「復活節」則重在「超自然」的復活，特別是人的復活，凡聽見救主呼召而有正面積極回應的，死後都要復活且進入永生，這，是基督徒的信念。我以為自然的復活是美的，超自然的復活是聖的，兩者同出於造物主，都應該受到尊重和肯定。不過信仰非可勉強之事，在舉世滔滔、物欲橫流的今天，如何使人性從「物化」、「非人化」的洪流中復活，以上達「對越在天」的清明境界，也是不可緩的大事一件呢！

〈中華副刊〉・一九九三・四・五

范仲淹與士統

今年是北宋大儒范仲淹千歲冥誕，海峽兩岸都展開了慶祝的活動，以紀念這位不世出的一代偉人，在今天，這確實有其特別之意義。中國歷史上的偉人無數，千古風流人物何止「小范老子」一人！即以同時之人而言，論武他不如韓琦，論文不如歐陽修，論道不如稍後的周張二程。然而唐宋以來悠悠千餘年，如果要在國史上找一個最具代表性的士人，則非范文正公莫屬。這不止是因爲他在氣節、道術各方面開宋代風氣之先，在立德立功立言多方面最稱完整；更重要的是，他可以說是中國士人之典型，風高一世，垂範千秋，紀念范仲淹，也就是紀念中國士人之優美偉大傳統了。

范仲淹自爲秀才時，就慨然以天下爲己任，嘗謂「士當先天下之憂而憂，後天下之樂而樂」，這一精神，實在是傳統中國文化之骨幹，支持華夏氣脈蓋數千年。早自伊尹所謂「自任以天下之重」、「思天下之民匹夫匹婦有不與被堯舜之澤者，若己推而內之溝中」，這一責任心的覺醒，經孔子「仁者先難後獲」、曾子「仁以爲己任」的擔當，凝鑄了中國士人特殊的精神和風貌。中歷晚唐五代之消沈，左道異端之陷溺，到了北宋，范仲淹攘臂一呼，「天下己任」、「先憂後樂」云云，遂又重新提振了士氣，挽回了頹風，復興了士人這一個最關緊要的大傳統。朱子說他「大厲名節，振作士氣，故振作士大夫之功爲多」，是非常中肯之論。陸樹聲說他「爲宋儒理學淵源之祖」，康有爲稱他是「有宋第一人，開一代風俗及近時義田義莊風氣」，這樣一個典型卓著而影響深遠的士人，漢唐以來實不作第二人想。

縱觀中國歷史，士誠爲最生動之一品。帝王雖云權重，實際斡旋氣運、擔當世道的在士不在君，士一身而兼具了宗教信仰、教育文化、政治經濟等各大功能，等於是西方社會中的牧師、教師、學者加政治家，集這各種角色於一身，故其影響力之大，殆可想見。現代西方所謂的「知識分子」，不論是 the intellectual 或 intelligentsia 都不能與之比倫。即使是文藝復興式的「全才」(the universal man) 亦不相侔。它是中國社會文化特殊之產物，不容易用西方歷史的概念加以理解。現代中國人承喪亂之餘，多對傳統文化抱疏離之感，海峽彼岸，更是把對當道的怨氣反射到傳統文化上去，而首當其衝的自非士人莫屬。再承五四批判之餘風，對傳統士人多發其幽暗面，不樂顯其光明面，多言其負面性，不願觀其正面性，這種矯枉過正的態度實在是偏頗不公的。世無完人，亦無久而無弊之傳統，但論史應觀大體，大節無虧，斯可也矣。以范仲淹爲代表的這一個「士統」，實在是道統之傳人，除非從根本上否定道統，否則士統本身是應當肯定的。

現代社會趨向多元，社會權威也不再定於一尊，大體上說，士已無統，統已無士，眞正權威不在士統，甚至也不在政統，而在「財統」——金權高於一切，價格取代了價值，財統壓過了道統，功利壓過了道義，這才是危機所在。錢使人物化了，物使人非人化了，人贏得了外物，失去了人性，贏得了世界，失去了自己，又有什麼意義？今天要行道救時，要先從恢復人味兒開始，人人以仁爲己任，那麼人人都可望成士，士統自然可以恢復，中國亦可以成爲現代化的禮義之邦。

老屋老畫共歲華

每到年底，總要隨俗把家門內外盡情灑掃一番。除夕除夕，本有除舊佈新之意，家裡該扔的該換的都要在歲末年尾作一個了斷。環顧我這個一住十年的小屋，室內的擺設也「滄海桑田」地變動了幾次，雖不到「城郭雖在人民非」的地步，撫今追昔，倒也發人今昔之感。十年來，人事都在變，唯一沒變的，大概只有牆上那兩幅畫了！

掛在客廳的這兩幅畫都是國畫，正對著主人座位的是張大千先生的一幅翠葉紅蓮圖，十幾朵蓮花，工筆描成，丹青夾著金線，十分細膩。側面牆上掛著的則是古人的一幅高隱讀書圖，一位蕭姓畫家所爲，近十年了，我到底沒考出畫者的眞實姓名，眞是慚愧！張大千那一幅金底紅花，風流蘊藉，清高中有富貴氣象，我所取於它的是「出淤泥而不染」的高華品格。另外那幅古畫則是畫的一間草廬，依山傍水，內有高士或撫琴或讀書。而欄外荷葉離離、波光粼粼，窗外林木扶疏、雲水迷離。更有一截獨木小橋與外相接，一書童正抱傘歸來，而橋下水勢滔滔，似新雨才過，萬壑爭喧。這幅畫上也有題詩，但我寧取陶淵明的詩意：「孟夏草木長，繞屋樹扶疏，眾鳥欣有託，吾亦愛吾廬」，俯仰其間，眞是寵辱皆忘！國畫本來就老氣，何況又加上十年星霜！陋室的女主人不免幾次有換它之意，然而卒不能成，這是什麼道理呢？要顯年輕，西畫絕對比國畫年輕，也和家裡的音響設備與基督教背景比較搭調。但多次留意，卻總沒有一幅西畫能堂而皇之地取而代之。比如：梵谷的畫是夠熱烈夠精采了，我看上他一幅吊橋馬車的油畫，幾度想買，但左看右看，總覺其精采有餘，沈潛不足，不能安頓此心，不耐久掛而作罷！又看過一幅近人畢飛的版畫，有海港有聖母院，那沈鬱而奇魅的線條是我自少年就喜愛的，但橫看豎看，美則美矣，仍安此心不住，掛不久的！就這樣看來看去，挑挑剔剔，十年過去了，我得到了結論：這兩幅國畫終是無可取代，不必再找了！

大體而言，西畫能動人心而不能安人心，這個「不安」是西方文化不斷進步的能源和動力，但恐怕也是它不及國畫安穩的地方？西方的安心術要到信仰中去找，繪畫所表現的仍是它文化中那股「神聖的不滿足」。而傳統國畫在相當程度上都揉合了信仰的境界，雖不能取代信仰，卻比較能安頓人心。我身爲一個中國讀書人，不能不喜歡那草廬讀書、天人合一的境界。而讀聖賢書，所學何事？更不能不認同那個「出淤泥而不染，濯清漣而不妖」的高華品格。面對眾蓮，不啻在精神上洗一個澡，並時時提醒自己——不要染啦，不要妖啦！

三年前家裡開始了每週一次的定期聚會，十來個教會的弟兄姊妹共聚一堂查經禱告、讚美歌唱，其中常來的多係姊妹。久之我發現，這些可敬可愛的姊妹不就像頭上那幅畫裡的十幾朵蓮花嗎？他們捨了世俗的娛樂而來到主內聚會，讀的是《聖經》，唱的是詩，作的是美好見證，若說「出淤泥而不染，濯清漣而不妖」，她們不正是最好的寫照嗎？

「苟全性命於亂世，不求聞達於諸侯」，我年紀愈大愈認同諸葛先生淡泊寧靜的志節。富貴如浮雲，所貴者明道之樂、道義之交！所不敢緩者立德立言、榮神益人！就像挪亞隱居在方舟裡一樣，任它洪水滔滔而我俯仰吟嘯在這老屋老畫之間，竟不知老之將至云爾！

名車與名曲

最近在電視上有一個廣告，前景上是一位名提琴家正在演奏孟德爾頌的E小調小提琴協奏曲，背景則是一輛最新型的名牌小跑車正在高速奔馳。悠悠旁白中出現兩行字：「超越時空，永恆存在」，這部廣告片所要介紹的當然不是那首著名的協奏曲，它所要推銷的是那輛名牌的小跑車！

用古典來襯托現代，用經典來提高產品身價，用羅曼蒂克的氣氛來包裝商品的格調……這是近來很流行的一種廣告手法，早已不足爲奇。然而引起我注意的是這支樂曲，這是世界三大協奏曲之一，而且很可能是其中曲式最完美的一首，我在少年時代就爲它深深著迷，而今已近中年的我乍然聽見，仍爲之感動不已。所謂「不朽」，這就是了！它背後的跑車，怎能和它相比呢？

由這個廣告片，我不禁想到：在今天大量出版、大量傾銷的出版品中，有多少是像這支曲子永垂不朽？又有多少是像後面的車子一縱即逝？想想每天翻不完的報紙、看不完的書、聽不完的演講、放不完的長片短片，這些芸芸資料中，有多少是可望不朽的呢？恐怕多半都是過眼雲煙，應時鞭炮，一陣子熱鬧，放完也就過去了！時過境遷，不再被人提起記起。我們這個時代是個出版蓬勃的時代，但仔細看去，可有可無的東西太多了！就像那輛跑車，當時則榮，不久就被淘汰，被更新型的跑車取代……

二十年前讀研究所時，曾任胡適博士祕書的徐公起先生曾告誡我們說：「不能流傳一百年的東西不必寫！」當時聽了很不以爲然，因爲如果這樣，我們這些搖筆桿的眞可以封筆不幹了！然而二十年後，回顧以往所寫的作品，有把握能傳世久遠的寥寥可數，此生大部分時間都花在寫那些可有可無的無所謂的東西上了！而歲月無情，去日苦多，以剩下的時間和精力，不知道能創造多少足與時間抗衡的東西？

文學中的不朽就是美，不美的東西絕對難望乎永恆。一件文藝作品除非高度藝術化、造型化，是沒有辦法不在時間的長河裡流失的！一樣瑣碎平凡的日常生活，希臘瓶畫卻把它轉化爲美麗、高貴、典雅、神奇的形象，這樣高度而又純粹的造型化、藝術化，才是它「超越時空，永恆存在」的祕訣所在！孟德爾頌那支小提琴協奏曲之所以在永恆裡有地位，也正因爲它找到了完美的形式，成就了完美的造型！

「在永恆裡有地位」，對於創作者這是最大的挑戰，也是最大的安慰。當絕大多數人都在汲汲營營地追求塵世的各種「跑車」的時候，獨自埋首於風雨名山事業，這是寂寞蒼涼、吃力不討好的「苦行」。但是當永恆之門乍啓，永恆之光降臨，而所有塵世的名牌跑車都被排拒在門外根本駛不進去的時候，那安慰、那榮耀、那喜悅，眞是秦少游所說的「金風玉露一相逢，便勝過人間無數……」。

〈中華副刊〉・一九九二・十一・二十三

「人日」談做人

正月初七，傳統上稱爲「人日」。根據《荊楚歲時記》記載：「正月七日爲人日，以七種菜爲羹，剪綵爲人，或鏤金箔爲人，以貼屏風，亦戴之頭鬢，又造華勝以相遺，登高賦詩」。足見初七這一天在古時是特別慶祝「做人」的日子，至少在湖南湖北，這種慶祝活動是很有歷史，很有講究的！至於何以稱爲「人日」？據《事物紀原》一書說：「東方朔占書曰：歲正月一日占雞、二日占狗、三日占羊、四日占豬、五日占牛、六日占馬、七日占人：……」《北史・魏收傳》上也說「七日爲人」，由此足見「人日」是很古老的風俗，它和十二生肖有關，看得出是農牧時代的一種民間信仰，來源極古，只可惜現在已不見流傳，也說不出它確實的來歷了！

中華民族本是極古老的民族，因而保存了許多上古甚至太初時代的原始記憶，「人日」很可能就是上古乃至太初的史事之一。根據《聖經・創世紀》，上帝以六天創造天地萬物，第七天安息，而人類出現在第六、七日之間，是上帝最後的創造！是否因爲這個緣故，而有了「人日」的名稱，以紀念這一段創造的過程？試看「人日」的習俗中，剪綵爲人、鏤箔爲人，都和「造人」有關，而以「華勝相贈」，或許表示人類是一切造物的冠冕，所謂「萬物之靈」者？而「登高賦詩」，會不會是和挪亞方舟的故事相關？據說方舟最後停靠在亞拉臘山上，人類走出方舟慶祝重生，而有祭祀崇拜之舉。中國人比較風雅，乃將祭拜祝禱改爲吟嘯賦詩，登高則是紀念方舟停靠的高山。重九登高也有出死入生，趨吉避凶之意。山和仙相關，仙與天相鄰，人日登高，賦詩詠懷，看來和人的創造和重生不無關聯。

儘管「人日」的涵義已不能證明，但相信在大陸若干邊疆民族可能還保有類似風俗，值得考究。不過中國「人文化」的時間很早，看古書記載，在漢魏之際，「人日」已經脫去神話宗教氣味，儼然是一個充滿人文氣氛的民俗節日了！而這一蛻變，很可以看出中國對「做人」的重視，這是中國文化最主要的精神所在，也可以說是中西文化一大分水嶺。中國人最重視「做人」、「爲人」，《易經》「三才」之中，最看重的是「人道」。「天道遠，人道邇」、「未能事人，焉能事鬼？」「務民之義，敬鬼神而遠之」，這是孔門對「天人之際」的基本立場。「仁者，人也」、「其爲人也孝弟」，這是孔門的「根本大法」。道家比較看重天道，但也說「天大地大人亦大」，人居「三大」之一，仍是《易經》的本旨。到了北宋理學，更是全力恢復這一「人文」傳統。所謂「吃緊爲人」，所謂「堂堂爲人」，是做人、爲人過程朱陸王一致的主張。一直到清末，胡適的父親教導他的開蒙書，也還是他親自寫的「學爲人詩」，學做人的道理，要把人做好，這就是中國文化一貫的主題！

根據這個主題，孔子以「仁」做爲人的標竿，孟子則提出「四端」作爲人的條件：惻隱之心、羞惡之心、辭讓之心、是非之心——由此而出的「仁義禮智」即是人之所以爲人的特質，也即是人之異於禽獸的大端，乃至人之所以爲萬物之靈的靈處！怎樣才算一個人？怎樣把人做好？怎樣才能成爲一個完全人——止於至善，與天地合德，希賢希聖希天，天人合一——這，就是中國文化最高的目標！

西方基督教重視的是「造人」和「得救」——由「造人」之道而助長了自然科學的興趣，由「得救」之道而激發了傳福音的熱忱。然而科技掛帥所產生的工具理性，把人也機械化、工具化了。福音主義則流於爲傳福音而傳福音，傳道人變成傳福音的工具，一般人則變成被傳福音的工具。急於「救人」，疏於「做人」，往往使得信徒越來越像「天使」，而越來越不像人，教會也越來越缺乏人味，多半成了福音工廠，專門製造「屬靈的」機器，這和科技掛帥的結果一樣，人性被架空了，人被非人化了！套用耶穌的話說：「人拯救了全世界，卻喪失了人性，又有什麼意義呢？」救人而不做人，實在是教會最大的盲點和危機。

其實，根據《聖經》，上帝造人也還是要人把人做好，做個「完全人」──救恩也還是幫助他做人的一個必經的過程。把過程當終點，比如以藥當食，以路當家。捨過程而趨終點，則不啻想徒步過海一步登天，兩者都各趨一偏了！

〈青年副刊〉・一九九三・一・二十九

兒童與文化

中國自古有「慈幼」的觀念，有「少者懷之」的理想，對於兒童並不輕視。但由於傳統上「尚古敬老」的傾向特別強烈，整個文化基本上是老成主義，成人取向的！直到今天海峽彼岸還在大搞老人政治，十二億人口的一個大國由幾個髮蒼視茫、頭腦僵化的老頭子拖著走——大海航行靠「老」舵手，在二十世紀九〇年代，實在太不合時宜，也太不合理了！相較之下，我們這邊兒不論政商各界都不斷地朝年輕化發展，無寧是比較進步的！這些年來對童權的覺醒和重視，更是趕上了時代和世界的潮流。

西方在中世紀以前也是「老成主義——成人取向」的。試看中古的大教堂、修道院和宮殿城堡，處處都給人「老成持重」的感覺，整個社會就像裹在僧袍裡，顯得暮氣沈沈！文藝復興以後一切改觀了！雖然仍是宗教第一，但聖母聖子的畫像都成了有血有肉的活人，其骨肉亭勻甚至胴體豐滿的程度幾乎就像活色生香的少婦村姑。特別是這一時期中，「聖母聖嬰」圖最爲發達，聖嬰不但活潑健康、頑皮可愛，並且敢於離開聖母的懷抱，獨自玩耍去也！藝術史家、心理學家都注意到這一點，認爲這反映出文藝復興「人」的自覺自信，和少年精神與兒童角色的受到重視。漸漸的，到了十八世紀以後，浪漫主義詩人如華滋華斯喊出「兒童乃成人之父」，文化和教育界都紛紛注意兒童——蒙特梭利所謂「兒童取向」的時代於焉來臨！

我們中國也有過「文藝復興」——近代在北宋，現代在民初。前者由歐陽修的古文運動而帶動了新儒學的復興。後者則由胡適的白話文運動而帶動了新文化運動，胡適本人則喜稱之爲中國的「文藝復興運動」，因爲他認爲白話文本是中國正統文學，理性的、人文的文化本是中國正統文化，新文化運動不過接續歷史上那幾次對抗異教非人文化的文藝復興運動而更推前一步。它是文學和文化上的一種再生和回春，故宜稱爲文藝復興運動。

很巧合的是，胡適和歐陽修同樣都是四歲左右喪父的孤兒，又都有了不起的賢母，使他們以孤兒之身竟成了中國的「文藝復興之父」！而更巧合的是，他們之所以成爲文藝復興之父，又都緣於少年時代無意間發現的一本破書之啓蒙：歐陽修在一個爛筐子裡發現了沈埋二百年的《韓愈文集》，而感動他日後追隨韓愈成爲古文運動的領導者。胡適在一個字紙簍裡發現了殘缺的《水滸傳》，而迷上了白話小說，從此爲新文學埋下了革命的種子。這兩個人對童年啓蒙經驗的強烈執著而造成了文學革命和文化復興，眞是値得深思細究。這兩次文化運動都是從童心發出，難怪挾有一股清新蓬勃的朝氣。這也是文化的「回春作用」，中國的「二度童年」，宜乎稱爲「文藝復興」運動！

今天的自由中國已漸走向「兒童取向」的文化，此間也快成了兒童的天堂。但在「慈幼」之餘應當不忘「敬老」，在「少懷」之外不忘「老安」，在「孝順孩子」之外不忘「孝順老子」，這才是人生之大道。人之本性慈幼易而孝親難，對這種自戀的延伸是要有所自覺和自制的。古代父子太遠，現在父子又太溺，如何愛而不溺、敬而不遠，此間分寸，不易拿捏，卻不可不有一番智慧的斟酌。

〈中央副刊〉・一九九一・四・四

電視祭壇

在現代的大眾媒體中，電視應該是最有力的一種吧！儘管很多人批評現在的電視節目越來越「爛」，知識分子尤其對電視有疏離感。然而，電視依然在每一個家庭裡面「南面稱尊」，並且佔據了最重要的位置。誇張點說，今天電視在現代家庭裡的地位儼然就像古代家庭裡的神龕祭壇一般，除了沒有鮮花素果、香煙繚繞和祖先牌位以外，電視機差不多已經成爲現代家庭的神龕和祭壇了。

如果深入調查一下，每個家庭裡每個成員每天花費在電視機前的時間恐怕遠超過花在報章雜誌和書本上的時間，甚至於也超過了花在與家人親友交往溝通上的時間。在歐美先進國家早已如此，我們此間也有「後來居上」之勢。電視不但取代了人與文字或其他符號的關係，更取代了人與人之間的關係。因此，如果說電視是現代人的祭壇，現代人就是電視最虔誠的信徒和祭司，若說時間就是生命，太多人把太多生命奉獻給電視機了。電視慢慢變成了一般人的「主」，其影響如同一種宗教信仰，一種擁有最多不自覺之信徒的普世大教。

電視迅速廣大的傳播能力，使「秀才不出門，能知天下事」的古代夢想幾乎完全實現，這是它的優點。它使世界縮小了，世事透明了，資訊流通便捷了。在促進民主、保障人權方面確有偉大貢獻。它所提供教育文化上的方便，更是推動文明的一大力量。電視的正面功能是不容否認的，然而，任何事物一旦被「偶像化」，甚至「祭壇化」，它的流弊和傷害往往也超過預想。電視作爲兒童的偶像和成人的祭壇，它最大的傷害，恐怕就是使人「非人化」了。

人，本來都有「自我中心」的傾向，電視使人的這種「自我中心」更加嚴重。平時手握遙控器，要開要關要轉臺悉聽尊便。選擇在我，操控在我，久而久之，人們也拿出這種態度來對人對事。就如馬丁布伯所言，別人不再是一個「你」，而成了一個「它」，以我爲中心而存在的，工具性的「它」，無生命、無人格的它。這種非人性的關係，在師生之間尤其嚴重。學生習於看電視，久而久之把老師當作節目主持人（或歌星），把課程當成電視節目，愛看不看，愛聽不聽，全「操之在我」。雖不能隨意轉臺，卻可以「閉目養神」，聽「隨身聽」，看課外書。總之，仍像手上握有遙控器一般，老師和課程都被「頻道化」了。頻道化久之，師道尊嚴、師友風義等等，那裡還談得上呢？

近年來錄影帶業的發達，使得教學幾乎完全可以「影帶化」，師生可以完全不必見面，把課程錄影存檔即可，師生之間再也不必有人性的關係，彼此都徹底「物化」了。另外，教徒可以作「電視禮拜」，參加「電視法會」。信徒之間不必建立愛的關係，只要看看影帶就行了。這樣下去，教會、寺院漸漸都可廢除了。那麼，電視豈不就成了教會、寺院、佛壇、神龕，甚至成了人的「主」和「神」了嗎？

電視這種使人更加自我中心，更加非人性化，更加疏離隔絕的力量是有史以來所未見的，歐美社會已深受其弊，我們若不警覺也將蹈其覆轍。如何使電視不成爲「家庭神壇」或「祭壇」，不成爲現代人的「主」，這是個亟待批判的大課題，也是資訊時代對人性最後防線之最大挑戰。

〈中華副刊〉・一九九三・五・十

嘴對嘴的革命

儘管五四運動已經過去七十多年了，但是對於這一個新文化運動的功過是非，至今仍議論紛紛，莫衷一是；但是對於「五四」所標舉的「民主」、「科學」，以及由「五四」而加速成功的白話文運動，其價值是沒有人能夠否定的。因此，作爲中國現代化最有力的一次出擊，我們都是「後五四」的人，即使最反對「五四」的人今天也不能不用白話文來反對、來批判，這就足以證明「五四」本身已經成爲我們討論它時的立足點了。

在今天看起來，「五四」成就最大，流弊最小，影響最深遠的還是它的白話文運動。白話文的成功，不但爲文學界開一新天地，事實上它的影響乃是全面性的，它打開了文化的千門萬戶，打開了中國人的心靈。麥克斯韋伯曾借席勒的詩來說明理性化對世界有解除魔咒之功。譬如古堡內中了魔咒的睡美人，在王子深情的一吻下得以復甦。由於美人的復甦而古堡中的花草樹木也都解除了魔咒而欣然復活！這就是所謂的「解咒」。白話文對於解放老中國也有著類似解咒的作用。

提倡白話文居首功的胡適之先生，民國四年在美留學時，就作過一首〈睡美人歌〉的古詩，表示未來中國的復興不是如拿破崙所預言的「睡獅之醒」，而是如同睡美人之復甦。年輕的胡適當時讀了英國詩人丁民生（A. Tennyson）的睡美人詩而大受感動，他在日記中表示：「此詩句句切中吾國史事。矧東方文明古國，他日有所貢獻於世界，當在文物風教，而不在武力，吾故曰睡獅之喻不如睡美人之切也。作〈睡美人歌〉以祝吾祖國之前途」。其詩曰：

「東方絕代姿，百年久濃睡，一朝西風起，穿幃侵玉臂。碧海揚洪波，紅樓醒佳麗。昔年時世裝，長袖高螺髻。可憐夢回日，一一與世戾，畫眉異深淺，出門受訕刺。殷勤遣群侍，買珠入城市。東方易宮衣，西市問新制。歸來奉佳人，百倍舊姝媚。裝成齊起舞，主君壽百歲！」

胡適在寫這首詩時仍停留在「文言時代」，並沒有想到不久之後他就要成爲白話文運動的急先鋒，文學革命的掌旗手，更沒有料到自己就是那個讓睡美人醒來的「白」馬王子。由於他白話的一吻，中國新文學要醒來，中國新文化也要醒來。然而他看中了丁尼生的睡美人詩，並且還和了一首，其來猶如韋伯之於席勒，氣運所感，有不期然而然者。而通觀胡適全部著作，從未提及韋伯，更無論席勒與「解咒」！但他對老中國需要「解咒」的直覺，並不下於那位德國哲人。

何以白話文影響如斯深遠？因爲語言就是「道」——「太初有道，道與神同在」，道有開天闢地的力量，有起死回生、旋乾轉坤的作用，道是關乎生命的。睡美人因一吻而醒，因爲「吻」是嘴對嘴的，猶之乎萬物的生氣是由口對口的元氣而來，語言也是嘴對嘴的。這個力量最原始、最大！白話文之所以能肇始西方的文藝復興、催生中國的現代化，正因爲它是一個嘴對嘴的革命，這是一切革命中最有力的、最軸心的、最關鍵的、最不可抗拒的！

萬物由嘴對嘴而得到生氣，男女由嘴對嘴而「創造宇宙繼起的生命」，嘴對嘴的白話文產生了新文學和新文化，「五四」這一吻催生了新中國和新我們——這一吻，如何否定得了？

〈中央副刊〉・一九九二・五・十一

成熟與深刻

在文藝上，「成熟」和「深刻」是兩個很令人神往的，代表成功的一種境界。許多人下意識裡總以爲兩者是同一件事，彷彿成熟的作品必然是深刻的，深刻的作品也一定是成熟的；然而一究其實，卻可以發現，成熟與深刻往往是兩回事，成熟的不一定深刻，深刻的也不一定成熟。在古今作家當中，有些人偏向於成熟，有些接近於深刻，兼有二者的作家事實上非常罕見。

一般言之，所謂「成熟」的作品，往往對宇宙人生有一份比較圓融的觀照，對於處世爲人，比較有一套可取的態度，他往往能提出一個可行的「方案」，讓讀者多少可以安身立命於其間。比如詩人當中的陶淵明，他的詩文雖不多，薄薄的一本集子，卻頗安頓了兩晉以下，一千多年來無數文人的心靈。像他的名句：「貧富常交戰，道勝無戚顏」、「辛苦故無比，常有好容顏」、「當盡便須盡，何復獨多慮」、「縱浪大化中，不喜亦不懼」、「衣沾不足惜，但使願無違」、「眾鳥欣有託，吾亦愛吾廬」、「俯仰終宇宙，不樂復何如」等等，這些都是極成熟的人格所歷練出的句子，它的成熟感，千載以下，還不見有第二個人！

在美國詩人之中，佛洛斯特是個有成熟感的詩人，他的詩作富於睿智，他的人生觀值得取法。比如他的名作《雪夜林畔》最後寫道：「森林幽暗而深邃，但我還有承諾得去遵行，還要跋涉好幾里路才能安歇，還要跋涉好幾里路才能安歇」——這是對人生責任之肯定，堪稱大丈夫！他又寫看海的人說：「他們看不了多遠，他們看不了多深，但這豈能阻止，他們對大海的凝神？」——這是對人性樂觀的一種看法。他在自擬的墓誌銘上寫道：「躺在這裡的人，曾和世界有過一段情人的爭吵」——對世界雖不滿，根本上卻是相愛的，而並非「仇人的咒詛」，這意態也是健康可取的。他的詩句廣受歡迎，連風流的甘迺廸總統都引以為座右銘，並奉他為白宮上賓，儼然美國的「桂冠詩人」，這是非成熟莫辦的！

然而，陶潛、佛洛斯特成熟固然有餘，但是否一定比他人更深刻呢？這就不一定了。比如同樣美國詩人，我以為艾蜜莉・狄金蓀（E. Dickinson）就比較深刻，他對神人關係的探討、對生死終極意義的質疑，都比佛洛斯特深刻。十七世紀若干「玄學詩人」如鄧約翰、德國詩人諾伐里斯（Novalis）、賀德齡（Hordling）、里爾克等，也是深刻地挖到了許多「成熟」詩人所未曾挖到或不願去挖的地方。愛倫坡所謂「夢著夢，夢著一般人所不敢夢的夢」，這樣刻意去挖天與人、生與死之間的「絕境」，自然是沒有答案，沒有謎底，只見一片深淵！讀者想在這一片深淵中安身立命，那眞是找錯地方，非失望不可了！

小說家中的毛姆、劇作家中的蕭伯納都是比較成熟的，但是和卡夫卡、史特林堡相比，自然不夠深刻。但卡夫卡與史特林堡這類作家，卻又很難說是「成熟」，正如同我們的李白、李賀這類「仙才」、「鬼才」，似乎永遠都不成熟，而其魅力似乎也正在於他們人格的不成熟上面。「仙」或「鬼」究竟不是常人所能企及的，他們是天地間的奇景，不是可以取法的對象！

眞正既成熟又深刻的作家極少，像莎翁、像歌德這樣既可觀又可學的大師，則眞是千載一遇的鳳毛麟角了！

〈青年副刊〉・一九九一・十一・十八

廟宇和廟堂

每逢年節，看到全省各地廟宇中香煙瀰漫，香客洶湧，看到商家門口無不擺設香案，行禮如儀的種種「盛況」，心中卻有無限的感慨。據統計，臺灣是全世界廟宇密度最高的國家，應該也是偶像最多的地方。每逢年節，不但一般「愚夫愚婦」前往祭拜，現在甚至連許多高級知識分子、工商企業精英和政壇的重要人士也紛紛投入了這一迷信的洪流！舉國上下一片煙霧瀰漫中，充斥著是一股非理性的暗潮，實在不是一個現代化社會所應有的正常現象！

近來國內政壇不寧、人心不安，政爭的風潮激盪在社會的每一個角落，好端端的一個社會一時竟有四分五裂之虞，令人憂心！照說我們國家經濟起飛、工商繁榮，各方面都在進步，比起過去克難年代應該國運更加昌隆才是，何以這一兩年來竟有大大退步之感？箇中原因固然很多，但當我看到過年時舉國若狂、崇尚迷信的情景，深深感到，一個國家的政經現象往往是它精神狀態的現實反映——一國的國運和它國民的心術是分不開的。有什麼樣的國民就有什麼樣的政治；有什麼樣的心術就有什麼樣的氣數——一個煙霧瀰漫的社會，它的政治不可能清明的！

放眼世界，歐美、中東、阿拉伯世界都早已離開了偶像崇拜的階段。歐美各國雖非人間天堂，但是畢竟民主、科學、自由、人權這些進步思想和制度是由他們帶出來的，整個現代化文明是由他們帶動的！相對的說，現代歐美的政治確實比較清明，和東方一比，這是一個不可否認的事實。相反的，試看東南亞一些偶像林立、香煙瀰漫的國家，如印度、尼泊爾、西藏、越南……這些社會幾乎是滿地餓殍、遍街乞丐，貧窮落伍，慘無人道！若從高空俯瞰，很明顯的，一個地區的政治清明度和它的偶像密度、香火濃度恰成反比！經濟最自由、政治最民主、社會最福利、人權最有保障的常是一些戒絕迷信最徹底的耶教國家！這，應非偶然現象！

所謂偶像，簡單說，就是把人和天理良知隔開的東西，更或者是取代了天地造化，以假亂真的東西！它可以是有形的泥塑木雕，也可以是無形的功名利祿，反正是人心裡一切貪欲的執著所造成之虛妄的投射，都是偶像！而實際上，大凡去膜拜泥塑木雕的人，心中多少都期待著現實利益的報酬。上香添油、三拜九叩等等禮拜儀式，基本上也還是一種「賄賂」、

「利益輸送」，希望用我的「虔敬」、「奉獻」，換取現實的利益，世俗的報償，這完全是一種純功利的交易行爲！因此一旦發現某「神」不靈時，立刻轉移對象，甚至搗毀「神」像。而各方「神明」統統都拜，也顯示出「都不得罪」、「都試試看」、「多拜多賺」的投機心理，距離純粹的信仰更是遠之又遠！試想舉國上下都沈溺在這一種功利、投機、交易、輸送、賄賂、賭博式的「信仰」中，這種心術、這些手段，怎麼可能帶來好的國運呢？

稍微可以「告慰」的是，在民間祭拜中，倒還有些可取的成分，比如他們對忠孝節義、仁愛慈善這些基本價值的認同，藉著偶像崇拜而保存了相當程度的社會道德和文化傳統——關公的忠義、媽祖的慈孝、觀音的慈悲……它們對民間的教化作用不容忽視，對於文化的傳承和社會人心的凝聚也自有其正面功能。因此臺灣社會的偶像崇拜又不同於上古原始社會的偶像崇拜，它裡面有道德倫理教化的內涵，又不全然是自私的動機。因此臺灣的政治雖不清明，經濟卻很繁榮；在國際政治上雖沒有地位，外匯存底卻首屈一指！這也反映了國人的精神狀態——濁中有清、清中有濁、善惡互見、義利混雜——有什麼樣的廟宇就有什麼樣的廟堂，有什麼樣的民俗就有什麼樣的國運！

然而，「高級的」拜偶像到底還是拜偶像，非理性的廟宇必然帶來不清明的廟堂！試觀一部以色列古史，根本就是因爲偶像崇拜而破國亡家、流亡受難的歷史——直到被丟入希特勒的集中營集體焚化而後已！觀史至此可以無懼哉？我盼望國人能理性地保存忠孝節義、禮義廉恥這些倫理道德，卻不要讓任何虛妄迷信遮住了理性與天良之光！廟宇關係廟堂，心術關係國運，這一道理，尤不可片時或忘！

〈青年副刊〉・一九九三・二・二十六

火災與燈節

上元節，在中國是個大節，其來源甚古，據說早在春秋戰國時代就有這個節日了。最初的上元節似乎是楚國慶祝太陽神，也就是「東皇太一」的節日，後來又演變成慶祝開春後第一個月圓夜的節日，究竟它是爲了太陽或月亮而設的？現已難於考證。但不論日月，總是爲了表揚光明團圓而來，而此上元夜——也就是元宵，到處張燈結綵，「花市燈如晝」，家家吃湯圓慶祝團圓——「光明」和「團圓」是中國人最嚮往的兩大境界，都表現在上元節的慶祝活動中了。

元宵正式成爲一個民間節日，據說是從漢文帝開始。惠帝後以呂后爲主的諸呂擅權，一度篡逆，呂后死後，周勃、陳平遂聯合起來掃除諸呂勢力，迎劉桓爲帝，是爲文帝，漢室才得復興。掃除諸呂那天正是上元，爲了紀念「光復」，每年上元，文帝微服出宮，君民同樂，於是就形成一個民間節日，因此上元夜原有「漢室重光」之意。文帝由於是被元老擁戴，而非出於個人功勳，因此頗能謙抑爲懷，無爲而治，使百姓得以休息，天下恢復元氣，是位懂得「無爲」之道的明君，値得用「燈節」來紀念他！

諸呂亂政，大搞宮廷政治，用人惟私，剷除異己，這一種不透明的「黑箱政治」，即使在專制封建的古代也令人無法忍受。而高祖身邊開國的功臣，大半都是被呂后所誅除，兔死狗烹，刻薄殘酷，所謂「玩人喪德」，自然失盡人心，再也沒有人才願爲之用。試想爲國出死力、效死命的忠良最後卻不免被自己當初誓死保衛的「同志」、「同胞」排擠，甚至必除之後快，寒心之餘，還有誰再願意爲國拼命？諸呂之敗可謂自取，用人惟私的宮廷政治在當時已經是開倒車了，如果陳平、周勃不起來，天下勢必又要大亂？文帝記取教訓而不敢再張牙舞爪跋扈弄權，確是他的智慧之處。他能放下身段，從宮廷走入民眾，更是歷史長夜中的一點光明──燈節的意義因此而顯，比起拜日拜月，自是有意義多了！

至於上元節吃湯圓，則是出於另一項傳說，那是到了漢武帝時的故事，武帝雖稱英主，但野心太大，濫用權力自我膨脹已經不如文帝那樣禮賢愛民。傳說他宮中有一位善做湯圓的宮女名叫「元宵」，因思家不得歸而欲投井，幸爲賢臣東方朔所救。於是教她假傳「神旨」，說正月十六，上天要降下火災，燒滅帝京。謠言傳出，長安城中無不驚惶走告，天子也被驚動了，於是東方朔就告訴他，火神最愛吃湯圓，而宮女元宵正可以一展所長，一堵火神之嘴，說不定就不降火災了，武帝乃命元宵大造湯圓奉祀火神，十五夜遍施燈燭，並招待元宵的父母也來觀賞。這樣不但元宵得以重溫天倫之樂，百姓也跟著一起受福，上元吃湯圓，從此成爲一大民俗。

東方朔的這個故事也許只是杜撰的，但它的「微言大義」卻值得重視。君民隔絕不是好事，擅專自爲更是要惹來天怒人怨，「上天降火示警」雖近似神話，但在古代卻也不無它儆戒人君的一番義理。班固在《漢書・五行志》中就指出，不正常的火災往往是對君主失德敗政的警告，特別是當君主犯了以下各種大錯時，比如：棄法令、逐功臣、以妾爲妻、信道不篤、弄權玩法、玩人喪德……如此則火失其性，火災迭起。若再不警惕悔改，則火燒宮闕，終不可救！

東方朔本是「滑稽之雄」，他用神話故事來曉諭雄猜之主，事雖荒誕，其苦心是值得肯定的！也幸有武帝虛懷納諫，才化解了大難，把「火災」轉化爲「燈節」，化災異爲禎祥，也是人間一段佳話，的確值得在賞燈時候深深紀念！

〈青年副刊〉・一九九三・二・五

包青天與包陰天

每一個時代、每一個社會對傳世不朽的古典文學作品都有它獨特的、不同的詮釋——這是非常自然的事。莎翁劇作數百年來，就由不同的編導演員做過無數的詮釋——十九世紀的賈利克、二十世紀的勞倫斯奧利佛，乃至於日本的黑澤明，和最近非常前衛的「魔法師的寶典」……無不由各自的角度出發，爲莎劇做了更新、更個人化的詮釋，從而豐富了莎劇的內涵，也表達了現代人的觀點。

因此，基本上可以說，改編一部戲、一個作品，就是今人和古人的一次心靈的對話。古典原著絕不是一成不變地重複呈現在不同的舞臺上，它所呈現的永遠是一種「變奏」——因人、因時、因地而不斷發展中的變奏。因此一部作品永遠是開放的，接觸這些作品也要永遠保持一顆開放的心。

最近電視臺重新推出十八年前轟動全臺的連續劇：「包青天」，老戲新演，依然造成轟動。收視率之高，連衛視和第四臺都無奈他何，可見其魅力不減。不過，時隔近二十年，編劇鄧育昆先生對同一部戲卻做了不同的詮釋。比如他認爲在今天這個尊重人權的時代，不宜動不動就祭出虎頭鍘，動不動就大切八塊——這，無寧是個可取的想法。又比如在「秦香蓮」中，編者讓她吐露了對「三從四德」這類封建「婦德」的抗議——這，雖然稍微「現代化」了一點，倒也還可以接受。不過，有些改動，比如包拯不鍘假狀元周勤而逕自把他放了，結局是周勤羞憤自殺，以示「天理不容」，這就未免太一廂情願了。因爲不論古今，在公堂之上，既察明殺人屬實，斷無放人之理。周勤即使出現在現代法庭上，也只有還會收押一途，不可能放人的。古代刑律更嚴，包公若當庭隨便放人，那就不是包青天，而是包「陰天」了！

現代講人權、重人道，這些都不錯，都可以適度反映到戲裡去，但也不能離開古代實情太遠，基本上還是要尊重歷史的客觀背景。就「包青天」這齣戲本身而言，可以斟酌的倒是價值觀念方面的拿捏——仁與義、天理與人情之間的緊張。這是永恆的矛盾，古人也沒有定解，是可上可下、可左可右的東西，其中可供詮釋、「變奏」的空間就大得多了。比如在「秦香蓮」中，最後是否要「了斷」陳世美，全在秦香蓮一念之間。當時老太后已經拿出「重賞」數百兩黃金，作爲給秦香蓮的「贍養費」、孩子的「教育費」。包大人也有意讓兩造各讓一步，以避免兩個家庭悲劇出現。這時候秦香蓮若不說出「從此寃死不告官」的話來，事情也就了了。然而，經秦氏一激，包拯一怒，龍鍘一開，人頭落地，「噢噢，什麼都不必說」了！

舊劇編法，是成全了「天理」，伸張了「大義」，固然大快人心，然而「受益者」是誰呢？只徒然造成了兩個寡婦、三個孤兒，天理伸張的結果是沒有一個受益者！「義」出頭了，「仁」卻死了，這眞是天下最大的悲劇。若由我編，我情願讓秦香蓮收下老太后的「贍養費」，回鄉撫孤教子，必要時「捲土重來」。相信父子之情天性也，陳世美必善待這兩個「孤兒」，他們將來必有好前程。如此，妻子有「丈夫」，兒子有「爸爸」，時過境遷後，還會「團圓」的，誰曰不宜？萬一公主活不過香蓮，說不定還可以再……當然，這樣編也許是「皆大歡喜」了，但也突顯不出包青天的義氣了！

然而，我總覺得「仁」比「義」更重要，有時仁的「妥協」比義的堅持更有人味，恐怕也更近天理？上天有好生之德嘛！

〈中華副刊〉・一九九三・三・二十二

故事淒美的一面

聽過福音故事的人大概都知道耶穌生前有十二門徒，其中彼得和約翰更是個中的翹楚，是他的「愛徒」和教會的「磐石」。十二門徒裡除了約翰以外，最後都爲主殉道，據說彼得甚至還被倒釘十字架，保羅也被斬首，然而福音卻因著他們壯烈的犧牲和莊嚴的見證而大大傳開。一群不起眼的漁夫和小人物居然能成就日後普世最大的宗教，這，不能不說是一種奇蹟，而這奇蹟的由來，主要還在於這些門徒對耶穌的忠心。

然而，仔細深入地查考《聖經》，明眼人卻會發現，儘管十二門徒個個都有轟轟烈烈的事跡，都是「忠心至死」的僕人，然而在耶穌生前，最忠心也最得耶穌歡心的「高足」卻似乎並不是這十二位門徒；換言之，耶穌生前最得意的「門生」並不在這十二門徒之列——出賣老師的猶大自然是不必說了。即使是十分「性格」、十分「酷」的壯漢彼得，他在老師被捕後，也有連續三次不認主的「前科」！直到今天在天主教裡，還把公鷄當作軟弱、背叛的象徵——只因爲彼得曾在鷄叫前三次不認主這件糗事！約翰號稱「愛徒」，沒有這麼糗的「鷄」錄，但當耶穌被釘上十字架時，他之敢於「陪侍在側」，主要在於他和「當局」有些關係，比較沒有安全上的顧慮，事實上，在客西馬尼園中，他也是昏睡不醒，無法給予老師精神上最後的支持。至於多馬的多疑，其他門徒的小信，就更不必說了！因此，十二門徒的忠義和壯烈主要是在耶穌復活升天、聖靈充滿之後。在耶穌生前，十二門徒恐怕惹老師生氣的時候多，得老師歡心的時候少。

遍查「福音書」，芸芸門生、蚩蚩徒眾中，最得耶穌歡心的得意弟子不是十二門徒，也不是任何一個經師文士，而居然是一位小女子，住在伯大尼村的馬利亞小姐！她是馬大的妹妹、拉撒路的姊姊，曾親眼目睹耶穌使弟弟復活的那位馬利亞。《聖經》裡記載她們姊妹經常接待耶穌來家小住，由於她們熱誠殷勤的招待和溫馨親切的服事，她們的家成爲耶穌最樂意去的地方，而儼然是這位「沒有地方枕頭」的人子的地上的家了！姊姊馬大的熱誠款待令人賓至如歸，而妹妹馬利亞的專心聽講，全心投入更令耶穌感動。她每回都沈靜地坐在耶穌腳邊，一時間彷彿周遭的一切都消失了，天上地下只剩下耶穌基督——面對這位道成肉身的上帝之子、人類救主，馬利亞心凝形釋、形神俱化，整個人從裡到外完完全全沈浸在耶穌的話語中，如朝陽中的春雪，完完全全地融化了！

因此當馬大嘖有煩言時，耶穌都維護馬利亞，說她「得了上好的福分，是不能奪去的！」由馬利亞的表現可以看出她已經了解：來到主的面前和主有最直接的交通、最密契的關係，才是最重要的。馬大則仍停留在《舊約》的想法中，以爲一定要藉許多服事、許多「獻祭」才能接近神，而馬利亞已儼然預知人神之間的「幔子」已經裂開，人可以直接就近主了，此之謂「上好的福分」。這種對神人關係全新的領悟和把握，莫說馬大不解，就是十二門徒也還並不十分明白呢！

而耶穌最後一次去伯大尼作客時，馬利亞當眾獻上極昂貴的香膏，並且披散頭髮爲耶穌塗抹，這一方面是爲老師預作葬禮，一方面也是尊他爲「君王」之意，然而門徒卻指她浪費，不如拿去濟貧云云。他們似乎都忘了老師再三預告自己的「死期」已近，也忘了老師尊貴不凡的身分，聖與俗、救主和罪人是不能同日而語的！因此耶穌要誇讚馬利亞所作的是件美事，今後無論福音傳到那裡，都要傳述這件美事以爲永恆的紀念！

六天後耶穌上了十字架，馬利亞從此再沒出現在《聖經》裡。她後來嫁人了沒有？我們不得而知，但也幸虧她在耶穌生前始終「小姑獨處」，否則她若有個把「男朋友」或「未婚夫」之類的，她是否還敢大大方方地塗抹香膏、柔柔靜靜地挨在主的腳邊，恐怕就難講了！人，總是以保護自己爲第一優先的吧？爲了保護自己的終身幸福，也只好跟這位男性救主劃清界線，保持個「安全距離」了吧？主的腳邊固然是蒙福之地，但也離十字架最近！我們相信耶穌不會怪她軟弱自私，但想到故事可能會有淒美的這一面，總覺得耶穌在生前，彷彿真是連一個貼心的得意弟子都沒有的呢！

〈青年副刊〉・一九九三・三・五

新舊約大對話

——從梵蒂岡與以色列建交説起

世人皆知猶太人是個四海爲家，各處流亡的民族，也都知道二次大戰期間，納粹希特勒以「工業化的殺人」手段屠殺了六百萬猶太人，其「反猶」罪行至今還在追討中。然而，除了西方人以外，卻很少知道所謂「反猶」不只是德國納粹一黨一國的罪行，它更是自中世紀以來整個歐洲的集體罪行，德國納粹不過是將這個行之逾千年的反猶行動予以理論化、工業化罷了！其實在當今所謂的西方「先進」國家，比如英國、法國，都有反猶的歷史性前科。試一看莎士比亞的名劇「威尼斯商人」，其中對猶太人的不友善的態度，即可以看出猶太人過去在歐洲是多麼受到排擠的一個族群。在這種歷史背景下，猶太教與天主教、基督教之「老死不相往來」，彼此對立達兩千年，也是可以理解的。

其實猶太教和基督教都認同一本舊的《聖經》，基督教根本是從猶太教裡延伸出來的，

《新約》可以說是《舊約》的發揚和完成，其總的綱領，所謂「盡心盡意愛神」以及「愛人如己」，《新約》完全出於《舊約》。所不同的關鍵即在於對耶穌身分之認定上！耶教認定耶穌就是救世主彌賽亞，猶太教則只承認他是一位大先知，是人不是神，而耶教徒認定他是「三一眞神」的第二位，是人也是神，他已經由受難與復活爲世人帶來了「救恩」。而猶太教則認爲眞正的救世主還沒有降臨，「救恩」云云仍在未定之天，尙在期待之中！

神學上的差異已經使兩教不可挽回的分裂了！而更嚴重的是，猶太人不但不承認耶穌是基督、是救主，這等於要了耶教的命，事實上他們還眞要了耶穌的命——兩千年前把拿撒勒人耶穌釘死在十字架上的正是一批不折不扣的猶太人，而一手包辦、策畫、執行這項「陰謀」的正是猶太教的教士、祭司，所謂經師、拉比、法利賽人。換言之，是猶太教的教士釘死了基督教的「教主」，造成歷史上最大的宗教罪行，和人類史上最醜惡的罪行——猶太人的後裔因此遭到耶穌後代之厭惡、排擠，乃至迫害、屠殺——這個十字架正是原因之所在！

基督教成立之初，是飽受猶太人迫害的，這在〈使徒行傳〉，保羅的傳記，乃至西元一世紀，所謂「初代教會」的歷史上都有斑斑可考的血跡。但自從羅馬君士坦丁皇帝皈依入教，耶教立爲國教以來，情勢逆轉，耶教徒反過來逼迫猶太人了！從此展開了一千多年的

「反猶」運動！耶教的聖徒「金口約翰」說：「神永遠恨惡猶太人」，而所有基督徒的「義務」就是去「恨猶太人！」」奧古斯丁也認爲猶太人永遠應居於奴隸之地位。阿奎納也指猶太是「永久的奴隸」，馬丁路德更說他們是「奴中奴」，必須與基督徒隔離，在十字軍東征期間，至少有三十萬猶太人在耶路撒冷被集體殺害。在西歐各國，猶太人被以各種莫須有的罪名驅逐出境，沒收財產，甚至判處極刑。「猶太人」成爲「次等人」的代名詞，日後希特勒之種族優越論和滅猶計畫，就是由此而來的集大成者！

使得猶太人能夠獲得公平待遇的乃是美法革命所揭示之「宗教寬容」原則，特別在美國憲法的保障下，新大陸在兩次大戰期間成了猶太難民之天堂！戰後以色列復國，也是拜宗教寬容和反納粹種族主義之賜。而在以色列復國四十五年後，梵蒂岡代表耶教世界與以色列締約建交，這又不只是啓蒙思想人文主義上的寬容，以及後冷戰時代意識型態解構下的「骨牌效應」，它也標示了不同信仰之間的大對話、不同宗教心靈之間的大溝通之開始。而正如以巴和解一樣，儘管彼此仍有著千般不同，但都認同《舊約聖經》，認同獨一眞神，認同人是被造物不是造物主，也都認同有贖罪得救之需要，這些「大同」之處使對話成爲可能，使溝通可以進行。

反觀我們東亞國家，在逾千年無神論的影響下，沒有共同「本體」、「血源」做根基，不同意識型態的信仰要對話溝通就很不容易有效進行，兩岸對話比「以巴」、比「以梵」更艱難，其根本原因正是緣於彼此不共戴「天」之故吧！

〈青年副刊〉・一九九四・一・七

聖誕福音在中國

十二月二十五號是「聖誕節」，然而卻並不是耶穌的生日。耶穌眞正的生日並沒有留下記載。十二月二十五日原來是羅馬帝國的「冬至」，也是羅馬國教所信奉的太陽神——密特拉（Mithra）的凱旋日，從這一天到第二年元月上旬，是羅馬的「年假」，猶如我們的舊曆年——一個舉國慶祝與休息的節期。

太陽神本來是希臘羅馬和近東、中東乃至印度一帶所共同信奉的神祉，羅馬人用它來結合異族，鞏固統一是可以理解的，然而建立在武力擴張和奴隸制度上的羅馬社會，太陽神教只限於自由公民可以信仰，廣大的婦女、賤民和奴隸無法參與，而上流社會也並不認眞信它，於是標榜著自由、平等、博愛和救贖的基督教遂逐漸吸引了大批信徒——奴隸嚮往自由、婦女渴望平等、貴族需要救贖，而所有的人都需要愛，就這樣，由下而上地，基督教傳遍了整個羅馬世界，到了君士坦丁大帝正式皈依，基督教便成爲羅馬國教——耶穌基督取代了太陽神，而太陽神的節日遂被改成了耶穌的「生日」。

由「太陽節」變成「聖誕節」，可以清楚看出在歐洲，耶教逐步取代異教的過程，一個有血有肉、受難復活的救主取代了無稽的神話和人爲的宗教，其中的涵義尤其值得東方人省思。因此「聖誕節」雖非耶穌的生日，卻是人類歷史上最重要的里程碑！

環繞著耶誕的種種「傳奇」，更使人感覺耶穌的降生並非偶然，而是必然。首先，指示他要降生的星星，預兆著他將爲全人類的仰望，據研究，應是三顆大星的會合，預兆一個宇宙王者的誕生，此所以東方三賢千里來訪，而希律王大爲緊張。在中國的古書裡，三星聚就是「景星」，景星出聖王見。耶穌降生那年約當漢哀帝建平二年，據《漢書・天文志》載有「彗星」出「牽牛」七十餘日。牽牛者，「三正之始，曆數之元」，見則有改更之象，天下要除舊佈新。爲此哀帝下詔改元「太初」，不久，王莽廢漢自立「新」朝，劉玄自封爲「更始」皇帝，劉秀也下詔「大赦天下，與民更始」，足見它是「新紀元」之開始。

耶穌以道成肉身，卻降生在山洞馬槽裡，屈死在十字架上，可謂卑下至極（與釋迦之生於王宮正成對比），然而《老子》卻說：「上德若谷，大白若辱」，又說「處眾人之所惡，故幾於道」、「受國不祥，是爲天下王……」這些話都說出了「道」自處卑下的奧義，到了《莊子》更明白說：「道在瓦礫」、「道在屎尿」、「每下愈況」！是則耶穌基督生於山洞馬槽，正是「道」之必然，正如死於十字架並非偶然一般。

至於「處女生子」，這是現代人最不能相信的。然而宋代的芙蓉道楷禪師就說過一個公案，他說大道就如同「石女夜生兒」，「石女」表顯「道」的絕對性（不用配對），「夜」表示非理智所能知（理性的黑夜），石女生子，也近乎《老子》所說「道，獨立不改，周行不殆」，因此他的表現乃是：「挫其銳、解其紛、和其光、同其塵、湛兮似或存，吾不知其誰之子，象帝之先！」而老子對「嬰兒」的再三禮讚，更令人不能不聯想到聖母與聖嬰——所謂「道之原型」！

聖誕夜，天使首先報佳音給牧羊人——這一方面表示耶穌是「神的羔羊，爲世人贖罪的！」一方面也表示耶穌就是大牧羊人。這在日後耶穌的一生行誼中都證明出來，而天使先向牧人報喜也預告著基督教要從社會下層傳起！是個非常平民化、民主化的信仰，「由下而上」正是民主精神之所在。至於「羊」，我們中國自古就重視，「羊」通「祥」，凡好事都與羊相關：「義」與「美」都從「羊」。《周禮》載天子祭天需穿「吉服」，就是羊羔之裘。《三字經》上說「詩讚羔羊」，上古官員的官服皆羊裘，表示公義正直。商湯爲七年苦旱禱於桑林之野，也是身披羊皮作犧牲狀，告天謂：「萬方有罪，罪在朕躬」，這簡直就是耶穌的影子，孔子反對廢除「告朔之餼羊」，並且爲麒麟之被殺而痛哭絕筆，這些都有「代罪羔羊」的影子存乎其間，非常值得深思細究。

東方三位博士本是中東或近東一帶的異教徒，他們聯袂來訪耶穌並奉之爲「新生王」，也預表著異教世界之終將歸主，而事實上在東方各文明古國中有太多的「指路明星」蘊藏在經典、語文、傳說、神話、風俗、禮儀之間，這些，都是通向耶穌基督的線索。在中國，則如老莊之於「道」，孔子之於「禮」，禪門之於「悟」，《詩經》、《禮經》中之「吉服」、「羔羊」，古史中之祭祀、犧牲……都是線索與見證。我們中國人應該根據這些線索來建構中國化的神學，更應該運用這些見證來做福音紮根的預工！

〈青年副刊〉・一九九三・十二・二十四

但願人長久

中秋節是中國傳統中最受看重的節日之一，因此一般人不免認爲它是中國獨有的民俗了。其實，如果追本溯源，中秋最早是源自「拜月」的習俗，《禮記》上說：「天子春朝日，秋夕月，朝日以朝，夕月以夕」，這是指上古天子有祭拜日月之祭典，拜日在春朝，拜月在秋夕，這，是極古老的習俗，恐怕還在三代（夏商周）之前。揆諸古史，或與古巴比倫、波斯、埃及一般是極其古老的、普世的風俗。

拜月並非中國人的「專利」，無論《舊約聖經》，在中東一帶的上古民族與部落中，都流行拜日拜月，甚至以色列人也曾沾染過這種異俗，而屢受先知的警告責備。至今在世界各地的土著當中還流行著拜月之俗——比如此間原住民同胞的「豐年祭」，就是拜月的一種祭典。然而，中秋節雖從拜月的古風而來，但在中國卻經歷了許多重大的演變。比如，最先拜月乃是天子皇室的特權，秦漢之際這種特權卻「下放」到貴族之間，成爲一種宮廷儀式，已初具「秋節」的雛形。及至唐代，則又旁及於士大夫之家，觀乎歐陽詹〈玩月〉之詩，張九齡〈賞月〉之作，足見在西元六、七世紀之交，「拜月」已演變爲「賞月」、「玩月」，也就是由原始宗教活動轉變爲人文遊藝活動。如王建、杜甫這輩詩人，都爲八月十五賞月寫過「聯作」之詩。可見到了盛唐以後，賞月活動已經遍及民間，不再是貴族和士大夫們的專利了。

迨及宋朝，則八月十五日正式定爲秋節，蔚爲民俗，今天所見到的有關秋節之種種節目和活動，大抵在有宋一代已燦然大備——月餅、賞月、迎神、賽會、喝桂花酒、塑兔兒爺……等等，已然一應俱全。試觀《東京夢華錄》、《夢粱錄》中，對於當時中秋盛況的描寫，已經是全民參與、君民同樂的一項社會活動。而中秋的許多傳說、神話也已定型成爲文學典故，比如：嫦娥奔月、吳剛伐桂、玉兔搗藥、蟾蜍浴月、張仙送子……等等，在唐宋文人的詩詞當中，也已見諸吟咏，形諸歌舞，廣泛而深入地流傳於民間了！

由中秋演變的經過，很可以看出幾個值得注意的事實：一、由「拜月」而「玩月」、「賞月」，可以看出原始宗教祭典逐漸變成人文遊藝活動的痕跡，宗教的人文化，「天上的」「人間化」、「神聖」的「世俗」化，這，不分東方西方，都是人類文明必然的走向，眞可謂「莫之能禦」，不可逆轉！現代文化之人文性、世俗性，早在兩千年前的中國已經「如火如荼」地展開了，只不過它蛻變得斯文優雅，不易立刻覺察出來就是了。

其次，秋節活動之由天子而貴族而士大夫以至平民老百姓，這一逐漸普及化、大眾化的過程，也清楚見出所謂「平民化」、「社會化」乃是歷史的潮流，同樣也是「不可逆轉」的！中國雖在「民主化」上稱後進，但在「平民化」上卻是先行！而人類對於自由平等的渴求更是無分東西的，民主政治，自由經濟之必然成爲歷史之歸趨，由此更得一證！

再者，由中秋的典故——無論嫦娥奔月、吳剛伐桂、玉兔搗藥……故事雖有不同，涵義大致不異。主要都在訴說著人類對永生不死，重生再造的渴望。嫦娥雖然寂寞，但畢竟長生不朽了！不但生命不朽，他之反對強權（后羿）、自我「犧牲」的精神更是不朽！至於吳剛，本欲學仙，唯以貪睡，被罰伐桂。桂樹固然不斷重生不死，吳剛在伐桂過程中也不斷再造新生而長生不老了——受罰正所以成道，此義深遠，更勝於卡繆所詮釋之《西西弗神話》！吾人仰視明月，應思人生有必須割捨之愛戀，有必須忍耐之寂寞，也有必須接受之磨鍊、懲處與煎熬，苟能背負起屬於自己的十字架，無怨無悔，「自渡渡他」，久之則發現——原來十字架即天國，煩惱即菩提，陰晴圓缺正所以彰顯眞道之全體大用也！

然而，在詩人意想中，嫦娥應悔、吳剛無奈、玉兔之搗未有盡期……此則凡情未泯、結習未斷，足見「不死」並不等於「永生」。眞正的永生並非時間之永續，生命之延長，應是對生死的超越，對無常的圓成，那，需要造物者自己的生命與救贖，所謂「天人合一」者是！然而，與天合一卻又不失人性，這才是但願「人」長久，千里共嬋娟的至境！

〈青年副刊〉・一九九三・十・一

由「徐九經」看中國文化

這次大陸的湖北漢劇團來臺演出「徐九經升官記」，在國內很受到熱烈歡迎，前行政院長郝柏村先生先後就去看了好幾次，更使得這齣戲受到社會各界一致的矚目。因此它的演出，遂成爲兩岸文化交流中的一大盛事。

「徐」劇之所以廣受歡迎，原因很多，而基本上還是它滿足了民眾對「社會正義」的要求。和「包青天」之再度轟動一樣，它暴露了官場的黑暗、特權的醜陋、賢良方正被打壓的痛苦不平，以及個人在面對「天人交戰」時的內心掙扎，以及最後「天定勝人」、「道勝無戚顏」的道德勝利。當然其間也流露出民間人情的醇美、清官智慧的判案、對世情冷暖的有力諷刺和回歸平凡、「返璞歸眞」的徹悟之喜悅。這些，都是很典型中國傳統下的產物，因此特別能贏得國人的共鳴。

「徐」劇既是典型中國文化傳統下的產物，我們也確能由中窺見中國傳統文化中的一些大問題和大病痛。其中最值得注意的，首先就是傳統中國中的「一權獨大」或曰「一人獨大」；徐九經本來考中狀元，按律當放美官，不料卻因侯爺一番貶辭：認爲他五官不正，其貌不揚而竟說動了皇帝，把狀元郎給「下放」去做了七品縣令芝麻官。這樣「以貌取人」、「大才小用」，全在皇帝一念之間！古代「考試」一權之不能眞正獨立自主，由此又得一證！和唐代的鍾馗一樣，都因貌寢而受屈，鍾馗因此而羞憤自殺，徐九經因此而陸沈下僚，同樣凸顯了傳統皇室之極權，在它之下，「考試」一權也只佔個「小媳婦兒」地位！並不能如現代西方民主國家文官制度之不受政治干擾。過去有些學者頗爲中國考試權之「獨立」傳統而沾沾自喜，揆諸其實，殊有出入！

其次，不但考試權雌伏於皇權之下，受其操控，而最該獨立的司法權也不獨立。徐九經之所以驟然由七品縣令升爲三品正卿，正因爲他前任的大理事正卿都不敢得罪權貴與皇族而自動「請辭」，人人不敢接此燙手山芋，然後才想到要徐九經出來「替死」。試看他前任的正卿寧可托病遁去，便知在古代所謂「司法」一權也並未眞正獨立自主。大理寺人事仍受權貴操縱，並不能做到司法獨立。徐九經雖孤注一擲，主持正義，結果仍得擲去烏紗，回家賣酒，走陶潛「歸去來兮」的老路。這是傳統文人共同的悲哀！換言之，爲了主持正義，徐九經不但大理寺正卿幹不成，就連原來的七品縣令也回不去了！因爲他爲正義得罪了王爺，而王爺的勢力無所不在，可以讓他縣令的職位也不保。中央集權且「極權」到這種地步，再加上特權膨脹，影響所至，行政、司法、監察、考試可說沒有一權能夠充分獨立自主。尊王攘「異」到這個程度，除了拼命往中央擠，往皇帝身邊湊，此外那裡還有清正之士發展的空間？

正由於中央集權和皇權獨大，自古士人都不願留在地方從事地方建設。做地方官不啻「下放」，而回歸朝廷，陪侍天子才是「正途」。徐九經「屈就」縣令，滿腹委屈，一肚子牢騷，抑鬱不平，憤世嫉俗，正是歷代士大夫共同的寫照。韓愈流貶潮州，雖強自振作，不久就向憲宗呈遞「悔過書」，悔其當初不該侵犯皇上「信仰自由」。憲宗見信龍心大悅，立刻召他回朝，結果韓愈在潮州才待了十個多月，「地方建設」從何談起？柳宗元被貶永州、柳州，更是抑鬱不伸，雖每日以山水詩酒自遣，並努力寫信請同僚同窗「美言」、「說項」，冀能官復原職，卻是屢「試」不獲，終於英年早逝，飲恨而亡。蘇東坡比較堅強豁達，但晚年「蒙王寵召」，仍有「巫陽招魂」之悲慨！由此可見傳統上「重中央，輕地方」的積習深重。地方不受重視，一味「鞏固中央」，結果一個國家如同手腳痲痺、四肢無力，外敵只要攻陷中央，拿下京畿，則四方望風歸服，往往如探囊取物，中國多次以大國而亡於小國，主因在此。

由徐九經之一心升官，別無退路，也可看出傳統中國文人的悲哀——在一個非多元化的社會裡，士人只有做官一途，別無「自我實現」之路。中國人可怕的官癮由此種下，相對的，文學、哲學、科學或其他文化、社會事業都不能獨立自主，充分發展，讓人安身立命，「行行出狀元」也就成了一句鼓勵人的空話！

〈青年副刊〉・一九九三・六・四

和平獎與人權觀

今年諾貝爾和平獎頒給了南非總統戴克拉克和非洲民族議會領袖曼德拉，以肯定他們在廢除種族隔離政策，推動南非民主化方面的貢獻。由諾貝爾委員會的這項決定可以看出，「人權」仍是當今國際社會最關切的主題！連續若干屆的和平獎幾乎清一色地都頒給了對促進人權有貢獻的人士。相反的，人權記錄不佳，則一定影響其國際形象而自遺其咎，中共這次輸掉奧運主辦權正是最好的說明。

「人權」之受到重視固然在西方歷史文化中有其源遠流長的傳統和盤根錯節的基礎，和基督教「天賦人權」以及文藝復興、啓蒙運動以來的「人文主義」有血肉相連的密切關係。不過，「人權」正式成爲一個名詞，一個「放諸四海皆準」的國際訴求，卻是從美國卡特總統提出「人權外交」開始，藉著美國雄厚的國力和積極主動的外交出擊而在近二十年裡大放異采，大行其道。卡特雖然在任內表現並不理想，在中東戰場上的失利更使美國聲望大跌，但是他所揭櫫的人權理想卻獲得意外的成功和全球的響應。當時共產、法西斯國家都指責他以人權爲由「干涉內政」，卡特回答說：人權問題是超越國界的，是世界問題，不是內政問題。

我們中國人說「人命關天」，又說「天地之性人爲貴」、「人與天地並稱三才」、「天大地大人亦大」，這些傳統的想法其實都和「天賦人權」大義相通，都肯定了人的存在是直上直下，通天通地的！「上下與天地同流」、「與造化相參」的！因此人的存在超越政治的分界，甚至超越文化的限制，自有其先驗的、超越的基礎。人，首先是一個頂天立地的人，然後才是一個社會成員、一個公民或國民。而人到最後，也還是以一個「人」的身分回歸天地！相對於此，政治、經濟、文化的種種身分，只是中間過程性的，並無終極根本的意義，即使宗教信仰，對於人也是「後設」的——「人」才是最初、最終、最根本的存在，「教徒」身分並不能涵蓋全面「人」的存在。

中國哲人深通此理，因此幾千年來強調「做人」，是世界歷史上最早跨入「人文主義」的社會，在濃郁深厚的人文傳統下，沒有任何一項外在價值——不論是政治、經濟、文化、宗教的「後識價值」能超越「做人」的重要性、優位性和終極性。中國人對任何事都不像西方人那樣執著，比如社稷興亡是士大夫之責，辨三教異同不如判人禽兩路！經濟上也只求起碼溫飽……然而「我雖不識一字也要堂堂做人」、「天下興亡匹夫有責」、「吃緊做人」……把「做人」無限上綱到超越一切——這是中國傳統的基本精神和歷史文化的「最強音」！

然而，到了近代，中國人權記錄遠不如人，中國大陸至今仍是人權記錄最差的地區。魏京生才獲假釋，「六四」慘案平反無期，四五千政治犯仍在牢裡……這些說明了什麼？首先是中共違背了中國傳統的基本精神，否定了對「人」之超越性、終極性的看重，因此才會把人權問題硬貶爲內政問題。其次，也看出中國傳統上的尊人思想始終未能落實於社會政治層面，更未賦與法律化制度化的保障，以及宗教建制化神學化的支持。而經濟上缺乏「恆產」，未能形成強固的社會力更使其進退失據。今天，我們固然應該重新發揚尊人的傳統，也要積極鼓吹西方人權的理念，並爲魏京生、柴玲這樣的人權鬥士爭取國際承認，但如何將人權思想落實到政經法制層面，可能是更根本的當務之急！

〈中華副刊〉•一九九三•十•二十九

掃墓與掃心

平時很少看電視連續劇，但由於左鄰右舍看的人多，許多電視劇裡的主題曲無意間都聽得耳熟能詳了。多年下來有一個感覺，就是覺得近來的主題曲越來越不動聽，越來越比不上從前的曲調悅耳，有每況愈下、今非昔比之感。偶爾打開電視一看，不但曲調傖俗，歌詞也不雅馴，呈現出一種退步的現象，這究竟是什麼緣故呢？

我自問對音樂的品味並不保守，深信詩與歌只有好壞之分，不必強作雅俗之辨、今古之爭。然而面對時下流行的俗腔俗調，實在有難以爲懷之感。深思其故，不禁想起莊子的一句名言：「嗜欲深者天機淺」，我想這或者是癥結所在。大體上說，工商社會是個不利於文藝創作的社會，相對於農牧社會而言，它的「技術理性」突出，而「價值理性」卻萎縮了。眞、善、美、聖，這些價值理性的關懷活動，自然亦隨之花果飄零。因此本世紀來，我們有了不起的大演唱家、大演奏家，但是論到偉大的作曲家，像莫札特、貝多芬那一級的大師，可就杳乎難見了。流行歌曲反應時尚，臺灣社會近來被稱爲「賭博王國」、「貪婪之島」（見上期美國《時代雜誌》），臺灣錢淹了腳目，卻也閉塞了人的靈性，過度功利的結果，使人心沈靜不下來去做深刻的思索與創作。而名利的熱中，也使人容易失去純樸天眞的赤子之心。人的享受是多了，欲望也高了，結果就是「嗜欲深者天機淺」、「七竅開而渾沌死」，財富增而靈性亡了。魚與熊掌不可兼得，腰纏萬貫騎鶴上天是不可能的。現代人又想做菩薩又想發大財，這樣好的事只怕是不易實現的大夢。

人功利到一個地步，便只見有己不見有人，小我中心的取向遂代替了大我中心的取向。中國傳統在過去是以家族爲生活主體，而今道德倫理已瀕臨「解構」了。人與他自己工作上所需要的人，和自己主觀上所喜歡的人相處的時間比和家人多得太多了。這種以自我爲中心的態度，自然切斷了家族的紐帶，上一代既少來往，下一代遂漸同陌路，親情延續不到第三代，這個民族的整體認同就要漸漸模糊了。沒有民族的親情聯繫，國家也者亦不過是小我利害關係之總結合體，道義的成分很低，大有合則聚，不合則離之態勢，國家的尊嚴不彰，國家的認同遽減，移民的熱潮自然高漲。家族、國族、民族都被自我中心的個人主義架空了，人活著便再難有什麼比較大的關懷。一旦下筆爲文、塡詞作曲，都盡是生活小品、芝麻小事，甚至是假古董、小雅痞之類的「趣味芽」(trivia)，放眼望去多是擠眉弄眼、挖耳捏腳、山鷄舞鏡、螞蟻上樹。過度的功利主義帶來了「市儈文化」，過度的個人主義則帶來了「矮人文化」，而偏偏市儈並不喜歡大雅，矮人尤其忌諱巨人，這樣的「文化」，實在不造就人。

時近清明，吾人在上山掃墓之餘，不妨想想歷史、文化、家族、民族這些比較高遠比較大的題目，庶幾不令「胸懷大陸，放眼天下」流爲一句空話。而在揮帚掃墓之餘，亦不妨作一番掃心的工夫，去他汚染、還我性靈，俾能渣滓盡去而淸光大來。臺灣有沒有前途，中國能不能復興，至少有一半的答案要視我們能不能重建大我的關懷和終極的關懷而定。

〈中央副刊〉・一九九〇・四・五

「金牛」的故事

一群哈佛大學的考古學家，最近在以色列特拉維夫南部一處古迦南寺廟廢墟中挖掘出一隻上古時代的「金牛」，據檢定這隻小金牛已有三千五百年的歷史。從它的形象上看，非常像是猶太古史中所記載的古代異教徒所崇拜的偶像，又像極了《出埃及記》中所載，摩西的哥哥亞倫在以色列民強迫下所鑄造的金牛犢。從影片上看，這個「金牛」個子並不大，全身由青銅和銀質所造成，雖貌不驚人，卻有一段「顯赫」的歷史，又是首次出土的古物，故其身價奇高。

「偶像崇拜」幾乎是人類與生俱來的一種天性，在世界各民族的宗教史上都少不了這一頁，許多民族至今還延續有這種風俗，這也是我們隨處可以看得到的。真正反對偶像崇拜的，據我所知有兩系宗教：一是猶太—基督教，另一個就是原始佛教。儘管佛教後來的發展衍生出拜佛禮佛的儀式，但佛教正典中是反對拜偶像的，《金剛經》上說：「若以色見我，以音聲求我，是人行邪道，不能見如來」，又禪宗在這方面做得尤其激烈，故有「佛教革命」之稱，不過比較起來，「猶太—基督」這一傳統的信仰，在反對偶像上，表現得最爲驚心動魄，結果也最痛快徹底。一部以色列史，幾乎可以說就是離開偶像的歷史，因此今天這隻「金牛」出土，才會成爲轟動學界的一件大事。

偶像在一般人印象中只不過是泥塑木雕——比較「神聖」的手工藝品，其實它的意義遠比表面上來得深遠，若非如此，若禪宗、若猶太教不會如此激烈地反抗它。偶像表面上確乎只是泥塑木雕，但它更代表人心極深的一種執著，偶像易碎，但這種與生俱來，至死不休的執著卻難捨難分。我們看初生的嬰兒依戀奶嘴，長大後沈迷煙嘴，而斷奶戒煙之難是人盡皆知的！而即使不煙不奶了，名韁利鎖之羈絆，種種野心夢想之纏綿，都在在成爲人心中無形的偶像，使眾生爲之顚倒，靈性爲之桎梏，身心爲之綑綁，這些，就是「偶像」的作用！人爲了追求這些偶像，漸漸離開了天理、違背了良知、斲喪了人性、失去了自由，和眞實的世界與生命的源頭切斷了關係，這就是「拜偶像」的代價了！

人心中的執念大都有外在的偶像來代表，比如「名利」兩關——代表功名的古有魁星，代表利祿的便有財神，這些一旦偶像化、神明化，什麼天理良心、仁義道德都退居其次了。試看今日社會上對金錢與權力的崇拜所帶來的道德敗壞、「非人性化」的結果，足證「偶像」爲害之烈了！因此，在以色列古史上，亞伯拉罕首先蒙召離開吾珥・哈蘭，那正是一個崇拜偶像的大本營！亞伯拉罕能夠毅然決然離開本鄉本族的一切偶像，這實在是人類精神邁向解放的一大步，不愧爲「信心之父」，宜乎爲猶、耶、回三教所一致崇仰！

以色列人第二次被呼召離開埃及，代表了離開被造物的世界，那是精神更進一步的發展。人對物質過分迷戀，一定玩物喪志，人爲被造物所陷溺，一定不認造物主，其結果比拜偶像更嚴重。以色列人第三次脫離巴比倫，象徵人離開對「自我」的崇拜，如巴比倫王之自我崇拜，實在是人類至深的根性，是所謂「我執」。如何改「自我中心」爲「眞理中心」，馴至「私欲盡淨，天理流行」，這種天人合德的境界又不止是以色列人所追求的，而爲世界人類最高的目標。三千五百年前的那隻小金牛，其中蘊含的正是這麼一部人類精神發展史！

〈中央副刊〉・一九九〇・八・十六

古意與陰氣

——新春觀畫有感

春節前後，曾往國立歷史博物館參觀，看見了大陸前輩畫家劉海粟先生的畫展，對於這位年逾九十的一代大師之作，留下了至爲深刻的印象，感動之餘，久久不能忘懷。

隨著開放政策的不斷擴大，兩岸文化交流也日趨熱絡起來，因此近兩年來，有意無意間看到不少過去所看不到的大陸藝品。在眾多的畫家當中，印象最深的是「江山如此多『焦』」的李可染先生，然後就是這位以作風大膽著稱的劉海粟先生了。不過對他們的畫雖不陌生，卻大都是從畫冊上看來的，這次能夠一睹原畫的廬山眞面目，感受硬是不同。從繪畫想到文化，感慨自然也就多了起來。

劉海粟中西畫俱佳，可謂「畫」貫中西，很能代表民初以來的一種文化走向。我對畫只是業餘欣賞，在我浮面地看來，他的國畫還是比西畫好。論西畫，前些年趙無極展給我的震撼大得多，而劉畫所感動我的仍在國畫山水方面。他的筆力極其遒勁，意境十分的老蒼，蒼勁之勢，直透紙背，奇崛之氣，撲面而來。所謂「已是懸崖百丈冰，猶有花枝俏」，這是劉畫最好的寫照。那種「大情懷」、「大氣魄」，不容易在臺灣畫家筆下找到。古人說「得江山之助」，確實不假。謝赫六法裡的「氣韻生動」，劉畫可以當之無愧。

看畢畫展，徘徊再三，很想買一本他的畫册留作紀念，這樣的好畫太值得珍藏了。但是翻了又翻，總覺得畫册所印不能傳神。所謂「傳神寫照」，畫册和複製品，對劉畫只能「寫照」，未能傳神。他蒼勁的筆觸，生動的氣韻，光鮮柔滑的畫册上竟完全顯示不出來，眞是一憾！既看不出畫家的特色，畫册也不必買了。由此我似悟及一點小小的道理：王安石〈昭君〉詩謂「由來意態畫不成」，中國藝文最擅長者，在於內在意境與生命力的主觀表現，用外在科技（照相）的客觀方法，恐怕捕捉不到它的精微，兩種精神本不相應。中國文化在家庭倫理、詩文藝術上見精采，蓋此正是主觀精神擅場之處。看劉大師的國畫比西畫好，更證明他畢竟得胎息於中國傳統文化者多，長於主觀抒發，短於客觀表現，中西固自有別也。劉大師九十多歲了，生命畢竟植根在清末民初之際，雖西畫底子極紮實，葉落歸根，到底是傳統過渡性的人物。畫家像他如此，由此以觀那一輩的學者、政治人物不也多如此？自由民主、法治人權，這些現代化工程之犖犖大者，不能求備於那一代的人，蓋以西方文化的客觀精神，初非傳統中國人的主觀心性所能立刻轉化過去的。

看完畫展，無意間發現樓上還有中國古典庭院展，信步瀏覽，但見古雅的書齋、閨房、客廳和花園，古色古香，令人流連忘返。然而再三巡禮之餘，卻又感到古意盎然當中，卻有陰氣逼人，有似陰宅，生人不宜。過去魯迅曾說「看中國書每使人沈靜下來」，其實中國人生活裡的種種陳設莫不如此。這也是「桃花源」式的一種夢，希望就在此世當下找到安息的一種主觀意欲。然而世無桃源，世運所趨，身不由己。《莊子》所謂「藏舟於壑，藏山於澤，謂之固矣，然而夜半有力者負之而走，昧者不知也」，天行剛健，世運密移，人想安身立命在主觀的意欲之中是不可能的。天地不仁，芻狗萬物，不進則退，不化則亡，古意中暗含陰氣，古宅內有似陰宅，這一點「玄機」，是很值得包括我在內，每一位眷戀「昔日芳草」的朋友們平下心來想一想的哩！

文學教育之我見

近年來，由於治安的惡化、文化的失調，國內外有識之士都查覺到人文教育的重要，大家不約而同地都認爲加強人文通識教育確實是當務之急。所謂人文教育，主要包括了文學、史學、哲學三個方面，此其中又以文學最具有親和力和普及性，同時也具有兼顧史識和哲思的涵蓋性，在三者之中最能夠引起興趣而廣受歡迎，因此文學教育可能是人文教育中最容易下手又最可望收功的一環。

然而，由於主客觀各種因素，目前在國內，文學教育並未受到應得的重視，因此文學教育至今仍是有待開發的一個園地。縱觀國內中上學校的文學教育，普遍可以發現幾個重要問題：首先，在中學教育中，古典文學與現代文學的比例仍不夠均衡。古文固然應當重視，但絕大多數的同學還是比較喜歡現代文學，現有的課程既不能滿足他們的需求，他們只好自己找書看，結果往往找來的都是些二三流的暢銷書，花錢多而受益小，甚至還有負作用。因此如何培養學生的文學鑑賞力，指導他們去讀眞有價值的文學作品，應該是國文教學的一大任務。如果國文課不能負荷，就應考慮另外開設課程以資補救。校園裡經常辦文學演講的研習活動固然有幫助，但正式開課還是治本之道。

其次，在大學文學院系裡更應該增闢現代文學和比較文學方面的課程。以現今的中文系而言，詩、詞、曲、古文皆是必修科，各佔至少一年的學分，比例不可謂之不重。然而反觀現代文學方面，卻往往只有含混籠統的「現代文學」一個科目，鐘點少、學分少，與古典文學太不成比例。事實上，現代文學發展至今也有近八十年的歷史了，不論在新詩、散文、小說、戲劇各方面都有相當的成就，作品的質與量都足以分別開課，造就專才。過去老學究那種「貴古賤今」的村夫子心態必須打破，中文系絕不是製造「今之古人」的學系，而應以博古通今自期！

現代文學課程不但應分別加強，並且還要注意史識、創作和比較的眼光。新文學發展了八十年，足可以作爲一段歷史來研討了，而當今的「中國文學史」往往講到清末爲止，這種「無後爲大」的作風已不合時宜了！現代文學背景的研究和現代文學作品的研究又特別是研究所階段應該注重加強的。由於這方面訓練的不夠，許多中文系出來的人，只知鑑賞古代文學，卻不知如何判斷現代文學，這種「知古不知今」的偏枯症，實在是中文系所的一大病痛！

中文、外文固各有所長各有所重，但「他山之石可以攻錯」，比較的研究更能培養通達的眼光和活潑開明的心智，對豐富「支援意識」是最有益的訓練，不論治中外文都需要。學術以外，創作的人才也應加意培養，不應歧視輕忽。創作和研究的地位、價值至少是平等的，沒有創作便無從研究！爲了鼓勵文學創作，相關的師資就當加強。有學術訓練又會創作的人才固然最好，而即使沒有學術背景但是在創作上卓有成就且得到肯定的作家也同樣值得重視、配得禮聘。歐美大學有所謂「駐校詩人」、「駐校作家」，佛洛斯特（Robert Frost）、索爾貝婁（Saul Bellow）等都是，不論對於文學欣賞、研究、創作和文學氣質的培養都有極大的作用。

總之，國文課不是古文課，中文系也不是古文系，推廣文學教育必先從各級學校做起，而各級學校的文學教育又必從古典與現代的平衡做起！

宗教教育此其時矣！

教育部最近表示要在全國高中學校裡實施宗教教育，對於全國莘莘學子而言眞是一大福音！雖然在師資、技術、教材上可能還需一些準備的時間，不能操之過急，但大體而言，宗教教育對國人是有正面意義，也是正視它的時候了。

宗教信仰是人生的「終極關懷」，是一個人安身立命的精神基礎。儒家雖然不是一種出世主義的「宗教」，但它也畢竟有其一定的終極關懷，有它對「超越界」的肯定、嚮往和依恃（比如祭天和祭祖）。以儒家思想立國的中華文化，基本上並不是一個無信仰，甚至也不是一個「無神論」的社會。正因爲有這樣一個比較理性化、人文化的信仰做基礎，中國社會才能保持相當程度的安定達數千年之久。

今天，中國和其他國家一樣，都面臨了多元開放的社會，各種宗教信仰可謂五花八門、無「奇」不有！頗令人有不知何去何從之感。在缺乏宗教的比較認識之下，遂產生了一些怪現象：或是信仰間彼此對抗、冷戰熱戰不斷，或是彼此抵消、混淆，徒然助長人心的混亂。宗教間的對抗造成社會的矛盾和緊張，增加社會的猜忌、不和諧。宗教的相互抵消則形成一種精神上的無政府狀態，往往又助長了迷信和虛無主義的勢力，對於國家社會，都造成很大的負面影響，這就是何以宗教教育不可等閑視之，且必須儘快實施的道理了。

在人類歷史上有一個奇異的現象，那就是：以個人而言，精神的成長往往比經驗快，以社會言，精神的成長卻落後經驗很多，最明顯的事例就出在宗教上。比如在現實事務上，西方早已超越政教不分的中古時代，國與國之間大體上也沒有宗教戰爭了。本世紀跨入九〇年代後，連意識型態的對抗也已「解構」了。然而，在許多社會裡，宗教信徒間往往仍進行著宗教「冷戰」，和作爲意識型態之宗教對抗。換言之，在精神的發展上，落後現實很遠——不幸的是，臺灣正處於這一種比較落伍的階段上！

健全的宗教教育，可以讓人了解，宗教戰爭（不論熱戰冷戰），最後都沒有絕對的贏家，如同過去的十字軍東征一般。以力服人的結果是人更不服，眞正信仰的本質必須是以德服人的！否則就不成其爲安身立命的信仰了！佛教主「忍辱」、「佈施」，基督教講「博愛」、「犧牲」，基本上都是要以德服人。以德不能服人，才退而求其次——以理服人。到以「力」服人之時，這個宗教就不啻自打嘴巴了！

宗教在過去數千年來幾乎無不流於「意識型態」——也就是「包裹式」的信仰，在我的包裹裡一切都對，反之在你的包裹裡一切都錯，由此而入主出奴，黨同伐異！今天，政治上意識型態的解構也給人類一個很好的啓示——那就是宗教信仰作爲意識型態也必須解構。我的「包裹」裡可能有「錯」，你的包裹裡可能有「對」，大家應該打開包裹，將各自的貨色攤開在光天化日之下一一檢驗比對。是貨色比貨色，而不再是包裹比包裹。差的貨色就扔掉——不分你我，好的貨色就擇取——也不分你我，只看貨色、不看包裹，甚至不分你我——這，就是對意識形態的解構。卸下包裹大家輕鬆，互通有無，大家愉快！

總之，在過去兩千年裡，人類基本上是以「信徒」身分彼此相待，自今而後當以「人」的身分相待。因此，宗教教育正有助於人性之全面實現，這是教育、文化，也是宗教之最終目標！

〈中華副刊〉・一九九三・十・三

說「蒸籠文化」

傳統中國人凡事喜歡講一個「團結和諧」，因此在朝廷上是「天朗氣清，惠風和暢」，在家庭裡是九世同居，雁行有序。然而一究其實，團結和諧畢竟是個理想，紛爭不寧倒是常態。中國人因爲過分好面子往往不願承認這一「深層事實」，於是爲了維持表面的一團和氣，反而私底下弄出許多烏煙瘴氣來。因此我常說，傳統中國社會如在朝廷和家庭裡所見到的，就像是一個大蒸籠，表面上一團和氣，私底下怨氣四溢。又彷彿一個大汽鍋，表面上平靜安穩，實際上水深火熱，一等到內部熱氣積壓到極點，就只好來個超級大爆炸，轟然一聲，玉石俱焚。最後一陣混亂過去，大家長式的強人再把它嚴嚴蓋上，暫時又維持了「穩定和諧」，但也爲下一次的爆炸埋下伏筆！

中國過去幾千年歷史經驗中所謂的「一治一亂」，大致可以作如是觀。到了近代，這個傳統式的大蒸籠、大汽鍋再也抵不住時代的衝擊和人性的解放，於是在近百年的無數折騰下，總算說好說歹地逐漸放棄了這種蒸籠汽鍋式的太平理想、和諧假象，願意正視人性裡的多樣性和思想中的多元化，以及這種多樣性和多元性之終極不可勉強、不容壓抑的「自然本性」了。然而，傳統保守的力量是巨大的，在許多場合中，仍不難看到傳統式的會議境界，那就是：開會時一團和氣，散會後仍一肚子悶氣，會而不議，議而不決，決而不行，往往就是這種老毛病下的後遺症。

現代式的會議絕不是這個樣子的！正好相反，它應是在開會時狂風暴雨、雷電交加，散會後雨過天晴、鳥語花香。因爲經過一番激烈的爭辯討論和折衝，問題大都解決了，至少大家把話都說明白了，然後服從多數、尊重少數、彼此容忍、互相妥協，誰也沒有話講了，因爲誰的話都講過了！所有怨氣悶氣一掃而空，怎能不陰霾盡掃而清光大來呢？

西方世界自古沒有眞正大一統過，從希臘羅馬開始一直是多元發展、多角競爭，中世紀用教權定於「一尊」的假象，事實上也是暗潮洶湧，「尊」而不「一」的！文藝復興以後正式承認「人心不同，各如其面」、「物之不齊，物之情也」，不再想用蒸籠來「團結」，用汽鍋來「和諧」。大家各行其是、彼此容忍，讓一切爭執透明化、規則化、合理化，五百年下來，反而減少了衝突，化解了仇恨，造成一個千巖競秀、萬壑爭喧的熱鬧氣氛——自由經濟、民主政治、自然科學，就是在這種開明氣象中發展出來的。

放眼中國，對岸固仍堅持其蒸籠與汽鍋式的團結統一，我們自己也還放不下對一團和氣的歷史性鄉愁。其實一個社會能夠做到各吹各的號，各唱各的調，彼此競爭但互不干擾就很好了！大家族式的蒸籠文化畢竟過去了，如今是打開蒸籠老實做人，做現代人的時候了！

〈青年副刊〉・一九九一・十・十六

共同校訓之再思考

「禮義廉恥」是我國各級學校沿用了好幾十年的共同校訓，是我們自幼入學就耳熟能詳，奉爲圭臬的共同「信仰」，對於它，不論作爲個人修身，或社會規範，可以說都信之不疑，遵之不渝。

然而，就在這個共同校訓推行了逾半世紀後的今天，在地方議會，乃至中央民代中都響起另一種聲音，這聲音是反對、是嘲諷，乃至謾罵。看來，在不久的將來，「禮義廉恥」這塊「金字招牌」，很可能就要在我們這一代人的眼前，被活生生地拆將下來，棄之而去。

反對者對「共同校訓」的抨擊，其所持理由主要在於它原是過去「政治強人」硬性攤派下來的「權威指令」，也可說它是「威權時代」的象徵和「奴才文化」的標幟。現在既然威權已解、強人已去，則強人所強施的「校訓」，就應該「見好就收」，成爲過去才是。

反對者的這一番意見，也許振振有詞，也許合於「解構」風氣，會有它一定的聽衆和市場。然而，從不存成見的立場來看，這番說詞實未免太「泛政治化」了。不但泛政治化，並且也犯了「以人廢言」的毛病。對於共同校訓應不應該、需不需要繼續維持這一問題，這是從「實事求是」、「審時度勢」的角度來考慮為宜。

首先，在臺灣地區的各級學校需不需要有一個共同校訓？這是第一個問題。這一問題的提出確實是有意義的，蓋多元社會本來就貴乎多元，不必由「上」而定於一尊，更何況私立學校，更擁有自我選擇的權利──自由民主社會中，連公立學校在不違反立國精神的前提下，也儘可以自定取捨，不必強同。

其次，第二個問題是：「禮義廉恥」值不值得做為一般公立學校校訓的選擇之一？我個人認為──絕對值得！而且非常切合時代和社會的急迫需要。老實說，我們今天社會上，上自公卿巨賈，下至升斗小民，最欠缺也最亟需的，正是「禮義廉恥」這四個字啊！

先說「禮」──禮最簡單的現代說法，應該就是人與人之間一種最起碼的尊重和善意，以及一個文明社會，人際之間所絕不可缺的關懷和「親和力」──所謂「有點黏，又不會太黏」，我們今天的人際關係太冷漠疏離了，太麻木不仁了。「東風吹，戰鼓擂，這個年頭誰怕誰？」人與人之間充滿了互別苗頭的火藥氣，一個公寓裡的鄰居老死不相往來，彷彿以禮待人就是矮了自己。高度的「自我中心」更使每一個人都被「邊緣化」了，彼此以「邊緣人」相待，整個社會就非人化了。

再說「義」——世間功利本不可免，但「利」必以「義」爲基礎，私利須以「不害公義」爲前提。然而我們的社會一味功利，人本身變成了謀求功利的工具——人，工具化了，這就不止「非人性化」，而是「反人性化」。所謂「道義擺兩旁，利字掛中央」——道義邊緣化、人邊緣化到達極致，就要走到道義與人性的反面去，屆時整個社會就要從「錢坑」一轉而爲「黑洞」了。

而「貪婪之島」說明了世道的「貪」而不廉。政治的醜劇和社會的淫亂，更反映了人心的「無恥」。「陽光法案」和「反雛妓運動」都是對「廉恥」的起碼要求，貪和淫已經顚覆了人群共生的基本法則，廉恥不立則「生命共同體」立將解體。

管子所謂「四維不張，國乃滅亡」——人性價值、人倫規範不可一日或缺，是則以「禮義廉恥」爲共同校訓仍不失其深意與大用。

〈中華副刊〉・一九九三・九・三

殉情殉道與英雄崇拜

英雄崇拜是人類的天性，自古至今沒有一個社會能例外的。只不過由於文化背景和歷史傳統的不同，「英雄崇拜」也每以不同的形式出現。在上古希臘，受崇拜的是像阿奇力斯那樣英俊勇武的青年戰士，後來將泛希臘文化藉著「十全武功」推展到全歐去的亞歷山大大帝，就是以阿奇力斯再世自居的希臘型少年英雄的崇拜者！在中世紀歐洲，英雄崇拜的對象變成了一群不食人間煙火的聖哲——如聖方濟、聖道明，以及十字軍的騎士——如獅心理查、西班牙的席德，還有英格蘭的圓桌武士……及至近代，英雄崇拜轉向了一般天才人物，在武的方面如拿破崙，在文的方面如拜倫、貝多芬、浮爾泰……至於現代，則傾向於大眾明星人物，如猫王、披頭、亞蘭德倫……他們的魅力至今不減。

在中國，英雄崇拜以聖賢崇拜的形式出現——孔子是第一個受崇拜的，此後在孔廟中接受奉祀的無不是朝野一致崇拜的對象，像朱子、王陽明……由此可見，無論東方西方，英雄崇拜是極普遍的現象，少有例外。唯一比較排斥英雄崇拜的，可能是改教後的清教社會，由於嚴格遵守不拜偶像，不拜「罪人」的誡命，清教社會的教堂連耶穌像都沒有，因此對於「高舉人」視爲極大的罪過。在這種氣候下，天才、英雄、賢哲及各種有特殊天賦的人物，就不可能受到像其他社會那樣的禮遇和看重了，此所以卡萊爾有《英雄與英雄崇拜》之作。希望在一個把「平等」當成絕對價值的社會裡，英傑之士仍能受到應得的看重。

英雄崇拜大約在十八、九世紀的天主教社會裡達到最高峰，如拜倫、貝多芬、盧梭……這些人物在西南歐天主教國家裡，幾乎被奉若神明。當時，在法國思想家和德國的《聖經》批判下，基督教的權威已遭受質疑，啓蒙運動基本上是反耶教，至少是反教會的。當它和文藝上的浪漫主義結合後，更發而爲排山倒海、莫之能禦的力量，懷疑的，甚至無神的異想一時席捲全歐。法國大革命時群眾公然爲「理性女神」加冕，拿破崙登基時更從教宗手上接過皇冠來給自己加冕，這些事件說明了，在十八世紀前後的西歐，風氣所趨，一般人把理性還於啓示之上，把人還於神之上，於是神的寶座被人佔據了，人成了神！這就是尼采宣布「上帝死亡」和他「不能忍受自己不是一個神」的時代背景！

在這一種尊人抑神的大氣候底下，「英雄崇拜」自是如火如荼地延燒開來，普魯塔克的《希臘羅馬英雄傳》一時風靡全歐，正是這種風氣的寫照。過去對宗教、對信仰、對神的犧牲奉獻，種種殉道的苦行，現在都轉移到人的身上來，特別在浪漫主義的推波助瀾下，「殉道」被「殉情」所取代，歌德的《少年維特的煩惱》、拉馬丁的《葛萊奇拉》、史篤姆的《茵夢湖》、小仲馬的《茶花女》……太多這樣的書取代了中古的《聖徒傳》，而這些書直到如今也還是魅力不減，傳誦不衰。多年前在此間一口氣重印多少版的翻譯小說《一位陌生女子的來信》更是最典型的殉道式的殉情，它之所以至今仍舊暢銷，正是從「英雄崇拜」所引發的，以殉情代殉道的變相熱情之產物。

在這篇小說裡，女主角的痴愛顯然是摻雜了英雄崇拜——把一生的熱情都無條件地奉獻給了他的愛慕，所崇拜的名作家，雖然那位作家始終不認得她，跟她只是「隨便玩玩」，但這女子卻爲這一廂情願的痴愛和愛情的結晶犧牲一切，死而後已，雖下地獄，無怨無悔。這是對人之崇拜的極致，也是對愛情崇拜的極致——這是一種偉大的病態！如同我們在梵谷畫中所見的那種熱情，沒有「人」當得起這種熱情……

如今回顧一、兩百年前這種英雄崇拜，不難感覺其失之太過，但今天的情況似又趨向於不及。在絕對平等的迷思下，精英之士除非大有權勢，否則也很難受到禮遇，一個天才在死後可能備極哀榮，備受懷念，但在生前卻備受冷落，不受珍惜。在工商社會的消費心理下，再加上清教徒「不拜人」之習慣的影響，即使有才如莫札特也很難受到珍惜。耶穌說：「你們常有窮人同在，但你們不常有我」，這是多麼沈痛的話！對於不常有的人才，現代人已漸漸失去「愛才」的雅意……

〈青年副刊〉・一九九二・九・十八

我愛「結婚通告」

結婚是人生的大事，因此大肆舖張以示隆重，似乎也就成了理所當然。爲了擺場面、作面子，「打秋風」自是免不了的。而家家如此，大家也就把它當作一種「必要之惡」接受下來了。

然而這兩年來，情況有些許改變，年輕一代的朋友不再受制於傳統的想法和作法，對於所謂的「辦桌」也不再視爲必要，對「打秋風」更感覺無聊！於是，傳統上發帖子——亦即丟「紅色炸彈」的習俗開始遭到挑戰了，不少年輕朋友決定結婚之時，不辦桌、不請酒、不寄請帖，只是簡簡單單發一張「結婚通告」，然後跑一趟法院，辦一個公證，一樁婚姻大事也就簡單隆重地完成了。

如果說，發結婚「通告」也算一種婚禮「革命」的話，我個人倒是舉雙手贊成這種革命，實在太好了！不但省去許多無謂的麻煩，更省去客套和虛僞。當事人寄張漂亮的通告，被告知者回一張精美的賀卡（或小禮物），雙方的禮貌和心意都到了，又不勞民傷財、耗時費力，在心甘樂意的情況下，得到的是最眞誠的祝福，眞是何樂不爲。

現今社會人情淡薄、關係疏離，親朋同事之間眞有「濃情蜜意」，可以「肝膽相照」的其實少得可憐，在「鷄犬相聞，老死不相往來」的情況下，喜帖實在很難發，不發嘛似乎失禮，發嘛似乎無理，眞是左右爲難。平時既少往來，有事收到喜帖，那種被打秋風的感覺也委實很不愉快，很多人都有過喜帖撒不下去的感覺。

就算帖子撒下去了，賓客該來不該來的也都來了，平時少來往，甚至不對頭的人坐在一桌，沒話找話講，也十分勉強、尷尬。菜雖然豐盛，心並不痛快，或「強顏歡笑」、或「埋頭苦幹」，那種吃法，實在不是滋味……

既然賓主盡不歡，這種客大可不請，只要眞正夠交情、有誠意的至親好友小聚一餐也就可以了，完全不必舖張。至於新娘換幾套禮服，新郎打幾個通關、哥兒們鬧多久洞房……等等陋俗一律全免，吃得「精簡扼要」，禮金花籃一概不收。風雅之士，或獻詩、或獻唱、或贈書畫、或贈小紀念品……大家發自眞情，出於至誠，惠而不費，禮輕意重，比帳房算禮金，雙方家長彼此暗中計較實在高雅多了。

結婚主要還是當事者兩個人的事，應該以他們爲主體，雙方家長只宜站在幫忙、輔導、參謀的立場，儘量給兩人方便，而不是給兩個年輕人出題目、找麻煩、生枝節。過去國人重排場、愛面子、好權威、講夠「味兒」，對兒女婚事表示了太多的意見，提出了太多的要求，結果雙方都怪對方不夠意思而鬧得很不愉快，把一樁喜事攪得風風雨雨，甚至哭哭啼啼，雙方家長暗中失和，小夫妻倆的感情也蒙上陰影，眞是最不值得的愚行了。

婚姻重要的是家庭幸福，而不是排場好壞，排場最好看最風光的莫過於英國皇家大婚了，但看看查理王子和戴安娜，「風光」又給他們帶來了什麼？倒不如像董永和七仙女——蒼天爲證、老樹爲媒、土地觀禮，雖然一杯薄酒都沒有，深情厚意卻勝過長江大海。雖然一張紅毯也沒有，精誠所至卻是天長地久。當然，我也並不主張簡化到「七仙女」那種一窮二白的地步，我只是想強調——婚姻，如同人生其他大事一樣，「裡子」比「面子」重要。

〈中華副刊〉•一九九三•四•二十一

舊傳統與新思維

——從俄國巨變看我國師道

蘇聯政變失敗後，俄國境內掀起一陣拉倒銅像的颶風。大風過處，但見昔日不可一世的政治偶像紛紛倒下，在歡呼叫好聲中，倒也蔚爲一代奇觀。

一個月過去，該倒的銅像大概也倒得差不多了。俄國人民意猶未盡，現在又動手拆除他們的照片。從機關團體到各級學校，這些一代偉人，不，「萎」人的玉照也多給扔進了「歷史的灰燼」裡。最值得注意的是，當馬恩列史的尊容消失後，許多學校換上的照片不是戈巴契夫、葉爾辛，而是托爾斯泰、契訶夫！取代一批政客的是一代文豪，眞令人喜出望外！

我不知道俄國有沒有教師節，如果有，這麼該是最有意義的一個教師節！我不知道俄國人講不講尊師重道，如果講，這才是名副其實的尊師重道！若讓政治人像高踞在教師頭上，怎麼看也不像尊師重道的樣子。學生朝夕看著權力高於知識的場面，要他日後不醉心權勢、不趨炎附勢也難！試想當俄國學生一抬頭望見的是文人肖像，而我們的學生一抬頭卻只見政治臉譜，相形之下，誰才是眞正的尊師重道？什麼時候才能看見胡適、蔡元培的照片出現在我們的教室裡呢？

俄國人能離開政治圖騰，他這七八十年的罪算是沒有白受！中國人離不開「學而優則仕」的圖騰崇拜，證明我們的罪還沒有受夠！老實說，戈巴契夫的「新思維」與當代新思潮相比根本算不上新，而我們連這根本不新的「新思維」都還沒有！「學而優則仕」這一陳腐的心態，在近代不知糟蹋了多少讀書種子，又製造了多少政治小丑。多少文人爲政治自動閹割，而在政治人物眼中看他們，也不過是以「倡優蓄之」的「秉筆太監」罷了。當學術自動向權力磕頭、「道統」自動雌伏在「政統」之下，「尊師重道」云云，倒不如改成尊「獅」重「盜」。有道是聖人不死大盜不止，大盜移國，常是「聖人」之功啊！

這一年來，師道在國內備受打擊，大家或歸咎於商業社會的功利風氣、或司法機關的不近人情、或學生家長的不夠意思……其實，師道之陵夷，學者文人自己要負絕大責任。往往最不尊重師道的就是「師道」自己。上焉者「學優則仕」，一心想做政治的尾巴。下焉者做不了政治尾巴，也想撈個學校的行政主管幹幹。既作了政治尾巴，師道的尊嚴自然成了一句空話，既把行政當「官」做，自我膨脹之餘，馬上把教師尊嚴踩在腳底，作威作福，而自己也立刻被權力腐化，校園貪瀆、濫權不就是這麼來的？師道自己蹧蹋自己，自然招來外患，蓋人必自侮而後人侮之，今天師道淪落至此，怪不得別人啊！

索忍尼辛曾經說：「一個國家有一個敢言的學者作家，如同有另一個政府」，在進步國家裡，文化教育應該是監督政府的一大力量，它才是三權分立之外的第四權！（明末大儒黃宗羲早就有以學校爲議院的構想）。學校監督政府、教師監督校政，它的監督權應得有法律和制度的保障。「學而優則仕」的思想必須揚棄、「仕而優則學」的觀念必須建立。在專制傳統下作慣「順民」的教師必須站起來向權力人物「施教」。在隱士傳統下作慣閒雲野鶴、一盤散沙的教師必須團結組織起來，做一校的主人！惟有教權伸張，師道才能伸張，尊師重道才能具體落實！

這是值得復興的舊傳統，也是亟待建立的新思維！

由〈荒原〉看臺灣

最近臺灣遭逢了四十年來所空前未有的大水荒，南北各地的水庫多已降至「呆水位」，若干水壩甚至已經乾可見底，烈日下但見一片龜裂的焦土，眞是令人觸目驚心，慘不忍睹！古人所謂「旱魃肆虐」，竟是如此慘烈的畫面！

目擊亢旱不雨，大地龜裂，直接就想到當代大詩人——艾略特的名詩〈荒原〉（The waste Land），這首深具預言性、儀式性的詩，正如史特拉汶斯基的〈春之祭〉一般，勾勒出二十世紀的精神風景，竟是等待血之獻祭的一片荒原！兩次大戰，無數死難，兩顆原子彈，一片廢墟，荒原上只有岩石、風沙，沒有水也沒有綠意。現代人出沒其間如同幽靈，支離破碎的斷片已撐不起任何價值的巨廈！

今天重讀艾略特的〈荒原〉，深感其中好幾處都像眼前臺灣的寫照！特別是〈荒原〉第五段「雷誡」，簡直就是我們的一面鏡子。他說：「這兒無水只有岩石，有岩無水的沙石之路，這路在群山間蜿蜒而過，所過皆是無水之山嶺。如果有水我們就歇息喝水，人在岩石間既不得歇息也不能喝水，汗乾了而腳陷於沙漠，若岩中有水，吐不出唾沫的長爛牙的死山口，人在此不能站不能躺不能坐。山頭連沈默也無，只有無雨之乾雷。山裡連孤寂也無……」這一段詩反覆在講無水之苦，喃喃如夢囈、幽幽如連禱，又厭厭似咒語，可以說在古今文學裡是寫亢旱最傳神的一段文字——他寫的不只是地理上的亢旱，更是心理上的亢旱。詩中提到「若岩中有水」，這明顯是在影射以色列人出埃及時，摩西在曠野裡擊磐出水的故事。足見艾略特所謂「荒原」，乃精神上之眞空狀態，所求之水乃是生命之活水！

從〈荒原〉看臺灣，無獨有偶的是，我們也正遭逢到精神上的枯水期，所亟需以救命的，也正是生命的活水！由連日的亢旱國人再次「頓悟」：原來人畢竟是靠「天」才能生存的「被造物」，並非自生自有，創始成終的「造物主」。天地生命，萬事萬物無不出於不可究詰的「超越界」，且仰靠它的維持繼續生存。水有源、樹有根，人也不可忘本！從亢旱缺水，萬象枯槁，我們才再次警覺到人是一種「被造」之存在。且看各地方人士紛紛禱天祈雨，正說明「人窮則返本」、「力盡則呼天」的本能，由此本能也正透露出「超越界」之實存——而對「存有」之遺忘，對生命源頭之棄絕與否定，應是古今一切「亢旱」之終極原因，值得傾向於「無神論」的現代人深省！

水枯土裂的近因當然是人類對自然的破壞所致。近年來由於經濟起飛，消費迅速，到處濫墾濫伐，使土地大量流失，生態嚴重破壞，又不注重水土保持和水利資源開發，人欲橫流，暴殄天物的結果，便是眼前土崩水竭，大旱流金的慘況！人對自然的掠奪與褻瀆，終於遭到自然的報復！現代人誇誇其談曰「征服自然」，一旦自然眞被「征服」，作爲「征服者」的人類反而無家可歸！希臘先哲諄諄以「勿恣傲」(hubris)、「勿膺天譴」(Nemesis) 爲大誡，最堪爲現代人之鍼砭！

希臘人以外，我國漢代儒者也相信「天人感應」之說，此爲人君無道，天必垂象以警告之！爲政者失德，則種種天災地變必從而隨之！因此董仲舒說「觀天人相與之際，深可畏也！」陰陽災異，天人感應之說雖易流於附會與迷信，更無法由科學證明。不過人心失常，世道敗壞，政風不端，社會不義的時代，往往有天災人禍相應而生——徵諸史乘，倒也屢驗不爽！維持世道的兩大綱維乃是：仁愛與公義，一個失去愛與公義的社會不能不敗壞，一個不講愛與公義的國家不能不墮落，這，正是我們當前最大的危機！

中國自古以倫理立國，惟其倫理之愛僅止於家族及「自己人」的「初級團體」，此外則「非我族類，其心必異」！既不以愛，更無與義！而當家族解體、倫常解紐，基於血緣的愛推展不出去，則現代社會所亟需的博愛與公義盡告闕如，由此而形成一個愛與公義嚴重貧血的社會，於是獸性的貪欲取代了人性的愛、物性的功利取代了理性的公義——常此以往，自然造成一個分崩離析的局面——外面缺水、裡面缺愛——這，就是我們眼前所面臨的「荒原」！

〈青年副刊〉·一九九三·九·十七

愼終追遠

清明節是中國人的一個大日子，所謂「民族掃墓節」，不僅是提醒國人愼終追遠、飲水思源，同時更具有促進全民團結、凝結民族認同的重要作用。特別是在國家意識模糊、民族情感稀薄的今天，它的意義更是深遠。

我們來臺出生的第一代所謂「外省人」，四十年來在這個小島上卻也相繼有好幾個墓可以祭掃了，說來令人感慨！我常想我若是像自己所最崇拜的莫札特一樣短命（他才活了三十五歲），那麼我自己的墓也已經被旁人掃了五六年了！壽命少煩惱也少，這固然有它可羨之處，但壽命長多受罪卻也多有智慧，我與神童比只能算個低能兒，但誠如歐陽修詞中所說「直須看盡洛城花，始共春風容易別！」我雖不才，卻大有雅興要看看人類的終局才甘心閉眼！每年帶著這種心情上山掃墓，自是別有一番感受在心頭！

中國人掃墓不單純是掃墓，其中不免有些宗教意味，由宗教又衍生出不少迷信活動，諸如看風水、燒香燒紙之類的講究，足見中國文化之龐雜。這方面能不能有所揀擇、去蕪存菁一番呢？試看美國人不看風水，尤忌諱與陰界交通，更別提燒香燒紙了，可是人家的富強康樂，不管你順不順眼，總不能不相當的承認。可是咱們看風水、燒香紙可說也千年以上了，多年來的中國卻是每況愈下，仍像胡適當年所說：「祖國大劫千載無」、「已無片土不腥羶！」這還不夠教我們深思嗎？

掃墓最初是爲了教民飲水思源、愼終追遠，這本意是好極了；忘本的人沒有根——無根的花開不久，無源的水流不長。「報本返始」不但有道德上的意義，也有現實上的大利。《聖經》上說：「孝順父母使你得福，在世長壽！」是「十誡」裡第一條帶有應許的誡命；中國有五千年壽命，至今衰而不亡，正因爲我們的孝道暗合於天道，實在也是爲天道作一見證。什麼時候中國人連這一條道德都不講了，中國也就沒有再存留下來的理由了！然而，我翻翻歷史，乃發覺中國人「愼終追遠」卻追得不夠遠，祖是孫的源，但誰是祖的源呢？誰是人的源呢？若說是大自然，就該明白贊成唯物論。若說是猿猴，那麼就不需要什麼「人禽之辨」，人還應該拜猴子呢！若說沒有源，就該認同「虛無主義」。若三者皆非，就應該另覓更具超越性的答案。

中國古代是承認人類有一個超越的來源的，或稱之造化、造物者，或稱天、上帝……這在四書五經乃至諸子百家裡都清楚不過。但由於封建制度下，只有天子可以祭天，小百姓只能祭祖，這一下就把天與人分開了，幾千年下來，「天人永隔」，把中國人搞成了一群實質上的無神論者！忘了去探討尋覓這個超越的源頭，是不是也算「忘本」呢？是不是也使民族失去一大道德根基和超越的能力呢？是不是也有很多「無心」招來的後遺症呢？

人拜人，固然也拜出一些賢人，但拜出更多的昏君梟雄，幾顆寒星照不亮漫漫長夜的！沒有神，人就變成了「神」，君權親權的無限膨脹幾等於神權，大大窒息、扭曲了人性與文化的發展！人權、民主、科學都「開」不出來，這豈不是要因之一？家族私情妨礙了社會公德，也使講求理性原則和客觀原則的現代化大受影響，總之，中國突不破傳統「初級團體」的原型，跟中國文化超越性不夠是有關係的——所謂「源遠流長」，這是否由於我們慎終追遠卻追得不夠遠，致使我們的文化流不長了呢？和歐美有信仰的國家相比較，這眞是可以深思的一個問題！

車上的機鋒

平日由公館到木柵上課，途中總要搭一段計程車，車程不長不短，大約總要花去十五分鐘左右。年少時血氣方剛，有話必說，口不擇言，也不擇對象；路見不平，拔「舌」便起，爲此常和計程車司機起爭執、鬧意見。年輕如我，總以爲自己可以和當年的雅典街頭逢人便誨，直問到對方詞窮爲止的蘇格拉底一樣，也多少可以爲我們的同胞起一點「牛虻」的作用。然而，多年下來，我一方面發現了「君非蘇格拉底此一起碼認識之必要」，再方面也覺悟了即使有才如蘇格拉底，最後也不免會「死得很難看」。芸芸眾生裡，眞能服理服善的並不多，更何況「理未易察，善未易明」，普通人不是冰雪聰明，不是聞過則喜，的確很難從公私混淆、義利夾纏的「意識型態」中跳脫出來。茫茫人海中，爲主觀「情見」找合理化藉口的人多，眞能跳出主觀情見，從事純粹理性思考、客觀實事求是的人眞是比鳳毛麟角還要少，能分辨自己是眞在講理還只是在搞「合理化」，並不是件合於人性自然的容易事。人的胳臂肘子是往裡彎的，人的思想其實也是一樣。

因此，一般每天爲三餐奔波於道途的計程車駕駛朋友，在自傷爲「弱勢團體」、「社會邊緣人」之餘，要他們隨時冷靜下來，「毋意毋必毋固毋我」地從事「純粹理性之批判」，這企圖本身恐怕就欠缺「實踐理性之批判」，而需要做「批判之批判」。年輕時的我見不及此，每爲一些政治社會的意見不同與計程車司機大起勃谿。如今想想，也眞「愚不可及」！這兩年看多了，學「乖」了，每坐計程車，必學孔子「車中不內顧、不疾言、不親指」，三緘其口，「肛」毅木訥！頂多談天氣、打哈哈，「與人爲善」，「敷衍兩句」也就算了！但誠如狗改吃屎不容易，要鬥雞不鬥，辯士不辯，爲人師者不好爲人師，那眞比攔住黃花大閨女不許出嫁還難！萬事悠悠，惟此惟大，一張嘴，兩片皮，實在是關比開難！就這樣，我雖給自己立下「不輕言」之大誡，不料要守「閉嘴功」實在要比守「童子功」更加不易！前兩天，爲了「二二八」立碑事，又和一位駕駛「頂撞」起來。站在明哲保身立場其事可悔，但站在「大是大非不可不辯」的立場，又無可悔。人，不可以聰明世故到上帝的程度，何況由十字架上所見到的上帝，似乎也不專以「聰明世故」爲貴爲能爲高！

那天車行經過萬芳社區環山道上，談到政府承諾建碑理賠乃至考慮道歉的事，我表示這樣做是明智的。不料這位駕駛朋友卻大不以爲然，他逕直地指出：「道歉是應該，賠償也沒有用，立碑更不能起死回生！」反正怎麼做都不是。好鬥好辯又好爲人師的我自然又按捺不住了，我那「正義的火氣」，不，「疝氣」，立刻又「雜然賦流形」地發作開來了！好在我會禱告，禱告使我溫柔，在「我很醜可是我很溫柔」的「情調」下，往往能收「按摩治療」之功。於是我和顏悅色地問他：

「朋友，如果我們在一個天雨路滑又連環追撞、視線不清又錯綜複雜的情況下，不小心撞傷了人，甚至撞死了人，你是希望對方家屬通情達理、適可而止地依法解決呢？還是希望對方借題發揮、一直糾纏不休？」

「這個……」計程司機不講話了！我知道他思想的肘子又想往裡頭彎，但再彎下去就要打到自己了！他適可而止地保護了自己，也意想不到地保住了全局。「仁者人也」，天理流行處，人我一體時，此所以「那不寬恕別人的人，上帝必不寬恕他！」我這回計程車，算是沒有白搭，雖然我下車時不敢不「多予財帛」了事！

〈中央副刊〉・一九九二・四・二十九

穿出中國文化來

每到舊曆過年，總給人一種回到古代的感覺，看到的是年畫春聯、聽到的是鑼鼓國樂、吃到的是家鄉年菜、貼著的是古雅春聯，滿街的鞭炮和舞龍舞獅的表演……時間彷彿一下子倒回去好幾百年，現代化的巨輪暫時停下它的腳步，讓緊張的人們陶醉在這忘卻光陰、「今世何世」的感覺裡……

今年比較美中不足的一個現象是，在熙來攘往的街頭上，很不容易看到穿中式衣裝的人，棉襖、大褂、長袍……不論男女都很少見。放眼望去，幾乎都清一色的西裝夾克、洋裝大衣，不像前些年，中國古典服飾曾經風行一時，連清代官員袍服上的都爭奇鬥妍地用上了！當時拜港片流行之賜，中裝、唐裝頗也蔚爲街頭一景。孰料轉眼沒幾年，這些饒有古意的中裝卻都一溜煙地不見了！

街上既然沒人穿「古裝」，我也不敢「作怪」，只好把幾件心愛的唐裝收起來在家裡穿穿過乾癮。遙想自己是活在古昔，「咸陽咸陽，輕輕地思量」；其實公平地說，唐裝確實比西裝舒適，也比較文雅。魯迅曾說，看西洋書令人想起來做事，讀中國書則令人沈靜下去。我以爲非但中西著作有這種差異，中西穿著也同樣有這種差別。西裝如夾克、風衣、牛仔褲，無不像是要去騎馬打獵、或乘風破浪、或放手做工，甚至像是要去奔赴沙場騎馬打仗的樣子，比較富於「尚武」精神。而中式古裝則寬衣大袖，四平八穩，像是在坐而論道，又像閉目養神，逍遙從容，沈著自然，一點不緊張，一切都圓融，十分的「溫文」。林語堂先生也亟稱中裝富於人性，而西裝（特別是領帶）頗不人道，我想其中最大的差異，在於中裝比西裝爲近人情。

從西裝的緊湊和緊張或可以看出，西方文明重效率而輕人性，是「工具取向」的性格，富於功利主義的色彩。西裝係從獵裝蛻變而來，更顯示出西方文明向前衝之追求進步、追求擴張的精神。換言之，西方文明是一種永無休止的追求地平線的文明，這在美國速食連鎖店型文化中最能看得清楚。它的好處是不斷突破、不斷進步、不斷變化求新、擴充成長。但是在不斷追逐的過程中，爲效率而犧牲了人性，爲工具而架空了目的，爲功利而抵銷了意義，爲天邊而犧牲了身邊。永遠在追逐地平線，而地平線不斷在後退，結果並沒有追到地平線，所追到的永遠是「失去的地平線」。這種文化緊湊緊張，如形影相逐，使人不得安息。

中國文化如唐裝，寬衣大袖，深厚內斂，顯然缺乏工作效率，顯然不適合上天下海，追求地平線。久之容易形成一潭死水，有藏污納垢之嫌，柏楊先生稱中國文化爲「醬缸」，洵屬知言！中國文化比較缺乏新陳代謝，缺乏求新求變求進步求擴張求開創的精神，因此而落後於西方，不能不說是過分自安於自給自足的封閉性格有以致之。但它當下即是順應自然、和平安詳、寧靜致遠，乃至於體貼人情、保合太和的精神，實在勝過西方。可以說中國文化是比較「後現代」的，對於過分強調自我主體、過分干預自然、役使存有的西方現代文化，不無清涼去火、消炎消腫之用，這雖然是一種消極之用，但就像睡之於醒、陰之於陽，不可或缺。但願國人有選擇地恢復對固有文化的信心，明年過年時讓我們看見有更多的朋友穿棉襖上街。

〈中華副刊〉・一九九三・二・十五

中國人的感恩節

每年十一月的最後一個禮拜四開始是美國人的感恩節，至今正好三百七十年了！三百七十年前，一群不見容於英國國家和教會的清教徒，爲了追求信仰自由，組隊租了一條名叫「五月花」號的小船，在暴風雨中給吹上了北美鱈魚角。船上一百零二人在第一個冬天的大風雪裡就死去一半；然而卻沒有一個人想要回航。堅持到第二年（一六二一年）秋天，在當地印第安人協助下，他們得到第一次豐收，爲了紀念這個得來不易的豐收，這群「天路客」特別訂定了「感恩日」以示感激，這就是「感恩節」的由來了。

現在人們提起感恩節，總想到南瓜、火雞，彷彿它是一個輕鬆愉快的日子，殊不知它背後有這麼多的困苦艱辛——一群爲信仰、爲自由而被逐出家園的海上難民，在痛失一半親友的絕境下，還能獻上感謝——這個信仰是厲害的，這個精神是極可感的——美國能有今天，連贏兩次世界大戰，又「化解」了不可一世的共產帝國，儼然乎世界獨強，不能不感謝五月花號的這股子堅貞、這股子勁兒！眞所謂「不經一番寒徹骨，哪得梅花撲鼻香」！

由於感恩節是美國人的節日，意思雖好，卻不可能像聖誕節一樣推廣到全球各地去。不過，我倒覺得每一個國家、每一個社會都應視其國情，而有它自己的感恩節，我們，也不例外。傳統道德式微，大多數人已不知「恩」爲何物，而在市場文化、消費社會下，一切得來容易，人們失去了感謝和珍惜的心——「得到的是應該，得不到是欠我的」，這樣記怨不記恩，人與人之間的關係就物化了、疏離了、沒「味兒」了！一個沒有人味兒的社會也可以富強，但沒法子康樂，而且愈富強愈不能康樂，這不正是海峽兩岸的隱憂，甚或「顯憂」嚒？

美國的感恩節是歷史民俗的產物，他國無法炮製。但眼看「二二八」紀念碑就要樹起，身爲飄洋過海逃難來臺的第二代「外省人」，和不知第幾代的中國「五月花」，我倒有個奇想：我以爲如果在中國訂一個感恩節，最有資格的日子應該是我們這批「海上難民」落腳登陸的那一天——感謝老天沒讓我們死於砲火的海上，感謝八年焦土抗戰無數軍民犧牲所掙回來的這個小島可以讓我們安身；感謝分散在三十五省的中國人有史以來頭一遭能夠如兄如弟般共聚一堂，如手如足般爲建設一個民有民治民享的現代化中國而努力。寶島雖小，卻是打開鐵幕，扭轉整個中國悲運的一把鑰匙，四十年來我們在愛恨交織的烈火洪爐中一同歷盡無數熬煉所打成的這把自由的鑰匙，我，不能不苦苦地愛他！

這，就是我心目中的感恩節，中國人的感恩節。我也許想得太天真，但我很認眞很執著——一個本該死在四十年前砲火之海上的孩子的天眞與執著！

〈中央副刊〉・一九九一・十二・八

感恩的除夕

一年容易，匆匆又是歲末了；在難得的歲末嚴寒中，看著人來人往，趕辦年貨，家給人足，物資充裕的歡樂情景，使人在溫馨之外更滿溢著感恩的心情！眞的，除夕是檢討、回顧、反省、感恩的日子。在一家團圓、圍爐夜話，在呼盧喝雉、杯觥交錯之餘，每個人都應該給自己預留一個獨處的時間，安靜地想一想這一年裡值得紀念的點點滴滴——該檢討的檢討，該記住的記住，該忘掉的忘掉。然後帶著感恩的心情，向星辰許願，爲這一年劃上最美麗的句點。

傳統上，逢年過節必有祭祀，除夕更不用說，從皇宮大內到閭里小巷，家家戶戶無不擺設香案，隆重致祭！祭拜的對象上自天公、下至祖宗，總是要全家到齊，無一例外！祭祀的本義就是感謝，對天地萬物、列祖列宗，乃至對各行各業的「行神」——也就是「祖師爺」，還有對有功於我們日計生活的對象，無不在感謝之列。過去人們「祭灶」在今天看未免流於迷信，但其中所含有感恩和修省的意思卻是無可厚非。今人雖然比較不迷信這些了，但相對的也漸漸失去感謝的心，以致人情淡薄，民風澆漓，得失之間，也很難衡量！祭祀之禮不一定需要恢復，今人信仰尤不能強同，但一切信仰深處都共有一份感恩懷德之心，卻值得保存和發揚！

現代人重權利輕本分，樂於受而吝於施，對於所得到的一切往往視爲應該，視未能到手的總感到吃虧，這種對於得到的不知感謝、對未得的深懷不滿的心情充塞在社會上，久之就形成一股乖戾不和之氣。人人怨天尤人、不知感謝，這個世界就要變成一片苦海、一座活地獄了！一個人若仔細地數算一下，他會發現，從頭到腳應該感謝的對象實在太多太多了！我們的七尺之軀並非自己創造，實在是天造地設、父母生養，在顯微鏡下每一個細胞的精密神奇，還不值得我們讚嘆感謝嗎？血液循環的規律、新陳代謝的殷勤、五臟六腑的完美配合、心思意念的清楚明白、手足四肢的均衡協調、耳目五官的聰明伶俐……光是這七尺之軀上的種種「配備」、種種「裝置」和「零件」，已足令人嘆爲觀止！我們不費一錢而得有這樣神奇的生命，這，還不值得感激嗎？而天之高有日星照耀，地之厚有百物養人，海之遼濶以調節空氣，這些也是不費一錢的白白賜予，能夠不獻上感恩圖報的心嗎？如果上天事事向人收費，則光是呼吸費、空氣費、天地佔有費、時空使用費、新陳代謝費、風調雨順費……世界之大、富豪之多，就沒有一個人付得起！而巨大的太陽能量、地球運轉、地心引力、萬有引力所保持的平衡——這些最基本的公共設施，就是集合全人類的財富也無法支付其萬一！

就我個人而言，我之能夠寫作，除了感謝天地祖宗父母以生養栽培之恩以外，還要有安定的政治和社會，才能受到完整的教育。多少師長的教誨、多少傳統的累積，才能有一點個人的意見和心得可以與人分享。而寫作所用的紙、筆、燈光是多少勞動的結晶，傳眞機更是尖端科技的成就。編者的苦心看稿、安排版面，校對的「挑燈夜戰」、一字不苟，還有排版印報的師傅和送報朋友的辛勤奔波，再加上報社的統籌規劃、慘澹經營……這些或勞心或勞力的付出加起來，才能把這篇小文章送到讀者的眼前。綜觀其全程，是多少人心血和汗水的結晶，而沒有一滴心血不值得感謝！沒有一滴汗水不值得珍惜！平常我們把看報視做應當，卻忘了世上有多少社會（如非洲）是無報可讀的！有多少社會（如中共）是沒有新聞自由、言論自由可言的！更不必說像猩猩猴子，就是有報也無從閱讀、無福消受的！

眞的，光是這一動筆之間，就有無數應該感激的人和事，這種福氣還不夠大嗎？平心想一想，我們虧欠天地社會的實在太多，而天地社會賜予我們的實在太厚！即使退一萬步想，即使人間最不幸的人，若能「回光返照」，想一想自己被生爲萬物之靈的人類而沒有被造成蚊蠅蟑螂，一呼一吸都有空氣供應，就該心懷感謝，思以報答了！原來上天並不虧欠我們，是我們虧欠天地的太多了！「天生萬物以養人，人無一德以報天」！這，就是一種原罪吧！若再怨天，那就是罪上加罪了！今逢除夕，且讓我們除去罪念，重新做人！

〈青年副刊〉・一九九三・一・二十二

尊重生命的現代課題

「尊重生命」、「建立生命共同體」，這是近來國內最流行的一些口號。由這些口號反映出國人對於生命應當尊重、對於生命休戚與共，應當一視同仁的覺醒，這，無寧是可喜的，有著正面意義的。然而，由這些口號同時暴露出國人長久以來對生命不夠尊重、對生命缺乏一體感的負面的事實，卻也是可悲的，令人不能不懷疑，光憑這些漂亮的口號是否就能讓崇高的理想落實？

其實，中國自古並不缺乏類似「尊重生命」，或「生命共同體」這類「理念」。所謂「天地之大德曰生」、「上天有好生之德」、「生生之謂易」……這些思想早在先秦時代就已出現了，其中尤以儒家在「尊生」、「重人」方面最有發揮，孔子用一個「仁」字總括了上古文化的精神，這個「仁」字裡面就孕含有萬物一體、四海一家的意思。所謂「親親而仁民，仁民而愛物」，這就是「生命共同體」最早的說法了。到了宋儒更進一步發揮「仁」

的思想，像周濂溪「窗前草不除」，問之，曰：「與自家意思一般」。程明道窗前草也不除也是「欲常見造物生意」。到了張載《西銘》，更是將這套思想體系化，把天地萬物說成一個整體，結論是「民吾同胞，物吾與也」，以手足同胞對待天地萬物，不正是「生命共同體」嗎？

儒家之外，道釋二家也講尊重生命，也講究「生命共同體」。道家崇尚反璞歸眞，主張「不以人害天」，對於自然天性的維護更甚於儒家。《莊子》所謂「天地與我並生，萬物與我爲一」，則明白道出「生命共同體」之奧義。至於佛家，其「眾生平等」的教義，直欲超越「人類中心」的本位主義，將慈悲普渡之範圍遍及於一切有情，由此而導出「無緣大慈」、「同體大悲」的博愛思想，至今佛徒間流行「放生」之俗，這就是佛教對「尊重生命」的實踐。

從儒道佛三家的思想和行誼來看，中國本該是一個最早知道「生命共同體」，也最肯實踐「尊重生命」的一個有情社會。然而，何以時至今日，卻要政府最高當局出來提倡「生命共同體」，又要各界賢達舌敝唇焦地四處推廣「尊重生命」的思想呢？何以我們的環保紀錄是全球最差的？我們的生態保育是最爲世人所詬病的？我們的濫捕濫殺、濫墾濫伐是全世界最嚴重的？甚至中國的人權紀錄也是最慘不忍睹的？「六四」屠殺至今不見平反，一個北京城裡就關了逾四千名政治異議分子？何以在中國大陸旅行，最不愉快的經驗就是和「手足同胞」打交道的經驗？幾十年前外國傳教士目擊有人失足於黃河，而觀者如堵無人聲援！今天在臺灣，仍見有女學生被施暴被殺成重傷，以血手欲攔一街車送醫而不可得！這些，在一個最講「仁義道德，尊生貴人」的國家產生豈不怪哉？

理想與實踐之間的巨大落差，從歷史的發展來看，並不只是人性問題，而是文化問題。決定中國文化最有力的幾個「機制」是：家族倫理、小農經濟和封建政治——這是中國社會的「三位一體」，其血肉相連，唇齒相依的關係密不可分。家族倫理最重視的是「血統」、「血緣」關係。小農經濟最看重的是「地緣」關係。由科舉制度所支持的封建政治最講求的是「同門」、「同僚」的關係。這三個建制合在一起，就形成血緣、地緣和門閥三位一體，牢不可破的關係，這關係既是「義理」的也是「利害」的，因而徹上徹下，如天羅地網般形成使人無所逃乎其間的社會網絡。這個網絡所保護的乃是有血緣、地緣和門閥關係的「自己人」，若非自己人，則「非我族類，其心必異」，嚴重的可以「天下共擊之」。這種「族類」意識，從今日社會學角度看，就是所謂「初級團體」，正是這種高度排外的「族類意識」和對「初級團體」的執著，大大阻礙了「仁民愛物」、「民胞物與」、「尊重生命」的理想，使它只能局限在「自己人」（有血緣、地緣、同門關係）的小圈子裡，推展不出去！

「各家自掃門前雪，莫管他人瓦上霜」，在傳統中國社會，只有自家人是人，家門外的人幾乎不是人——京戲「金玉奴」中的莫稽若非少年英俊，否則倒臥在金家門口只有等死一途。今天要實踐「尊重生命」的理想，必須從社區意識、公民意識著手，以「公義」取向代「私情」取向，從「初級團體」跨向「次級團體」，突破舊結構、超越小圈子，才有可能落實現代化的「生命共同體」。

〈青年副刊〉・一九九三・十一・五

哀我大師

——從「素書樓」事件說起

國學大師錢穆先生，在垂暮之年終於被政治「流彈」所傷，而不得不搬出他慘澹經營了二十二年之久的素書樓，消息傳出，聞者無不扼腕。在歐美、在日本，在任何一個稍有文明的國家，這都是不可思議、駭人聽聞之事，而它卻居然在我們這個號稱「禮義之邦」的「文化」古國發生了。我們一方面爲錢大師抱恨抱屈，一方面更不能不爲「禮義之邦」這塊招牌汗顏。面對錢大師遷居事件，我們不禁要問，中國今天的禮在哪裡？義又在哪裡？

其實放眼今朝，錢大師事件並不是孤立的個案，不過樹大招風，特別搶眼罷了。另外還有許許多多的老學者，也遭遇到類似的情況，媒體沒有報導，一般人也就注意不到了。前兩天，我到木柵辦事，途經政大教授宿舍區所在的化南新村——這個十里紅塵外的小桃花源，不料才一舉目，但見一片瓦礫，以前的「桃源」完全被夷爲平地了。原來住在宿舍區裡的一些八九十歲的老教授，不少住進了附近的公寓裡面。我再轉往公寓，發現不但上樓吃力，公寓的採光、通風自然都不理想，遠不能與過去獨門獨院、外加一小花園的宿舍相比，當然更談不上蒔花養魚了。最可悲的還是，老教授們行動不便，不能住得太高，結果樓上有樓、人上有人，樓上的人一跑一跳，一嘯一鬧，聽在樓下簡直「如雷灌耳」，令人心驚肉跳，不得安寧。八九十歲的老人家怎麼能忍受這個？最需要安靜的老教授在這種鷄飛狗跳的環境裡又如何治學？我在陰暗悶熱又「熱鬧」的公寓坐了一個小時已感難耐，可嘆老教授們卻要忍耐到底，無處可逃。曾子所謂「士不可不弘毅，任重而道遠」，「忍」以爲己任，不亦重乎？死而後已，不亦遠乎？默誦這些句子，不禁感到一陣透骨的寒意，驀地襲上身來。

就在這些公寓裡，住了不少國寶級的大師，他們的成就也並不在錢大師之下，他們存在的價值，更是絕對超過了所謂的一級古蹟、二級古蹟，應該加倍受到照顧、受到禮遇。然而我們發現，在大學裡，除了現任學官，或學官兩棲的要人，有好房舍配住、甚至有安全人員保護，此外不論學術成就再高，都只是「你家的事」，其中尤以人文學者，最不受重視。由此所反映出的薄情、功利和不學無術，實在令人欲責無詞，欲哭無淚！它的後遺症更是令人憂心。人文學者晚境如此，以後誰還敢把人文當作己任？人文不振的後遺症我們現在已經深深嘗到苦果了，那就是世風敗壞、人人自危的現代森林。人文學術若再不受尊重，這個森林裡的毒蛇猛獸勢將更多，即使有錢有勢又如何安居樂業？

人文學者、老師宿儒之受尊重乃是國之祥瑞，反之則是國之災厄。兩千五百多年前，孔子周遊列國，居然畏於匡，絕糧於陳蔡，伐樹於宋，臨老卻看見麒麟被殺了，《春秋》於是絕筆，聖人也長嘆而去。然而那些逼迫他的國家沒有一個有好下場的，統統滅亡了。一千九百多年前，耶穌也是轉徙四方，卒被釘死，這位神而人者也不禁感嘆；「狐有穴，鳥有巢，人子沒有枕頭的地方！」人子固然死而復活，耶路撒冷四十年後卻慘遭滅亡，猶太人一千九百多年後才得復國。這些都是歷史的殷鑒，這種苦待賢良的事最是不仁不祥，爲道義，爲功利，都以不犯爲宜。

〈中央副刊〉．一九八九．八．三十一

師生相與樂無涯

——贈別恩師高佩文先生

亞聖孟子在論到人生至樂的時候，曾經一反世俗的價值標準，很特別地提出了他個人的看法，那就是：父母俱存，兄弟無故，俯仰無愧，以及「得天下英才而教育之」！這三者中的前兩樣，一般人大多也能享有，但很少人以之爲「至樂」。惟獨最後那一條，得英才而教育之，則非教書先生眞得其樂了！這樣看來，孟子所謂之人生至樂，也還不夠「普及化」，畢竟，世上以教育爲業的總是少數！

究實而論，能得「天下英才」（還不是普通英才）而教育之，確實其樂無比，所謂「雖王天下不與焉」！這話並不誇張。蘇格拉底與柏拉圖、孔子與顏回、海頓與莫札特、歐陽修與蘇東坡……其師友講習之樂，相知相惜之感，其流露在字裡行間者，確是至情至性，至福至樂，千載下猶令人感動不已，歆羨不已，嚮往不已！這種發自性情與人格相感召的至樂，當然不是世俗富貴所能相提並論的！

不過，如果我們把孟子這句話放大來看，則「師生之樂」確實是人人都可能享受到的至樂！「得天下英才而教育之」固非人人能有的幸運，但是「得天下良師而受教」，這種幸福卻非少數人的專利！所謂「天下良師」不必一定都是孔子、蘇格拉底、耶穌……只要是眞正有愛心，肯付出的老師基本上都不失爲「良師」！以這個標準來看，在我們求學的生涯中，遇到良師的機會也並不太小呢！在我十年的教書、批改作文的經驗裡，看到太多同學懷念老師的文章，都能寫得至情至性，令人感動！我這才知道，原來普天之下有這麼多的好老師，每天在不爲人知的角落裡默默付出，他們的愛心永遠被人懷念，「天涯何處無芳草」，眞是一點不假！

我高中時受教於名教育家高佩文女士，這一段師生相與之樂，是這一生最難忘的經驗了！至今事隔近三十年了，當日許多細節都已逐漸模糊，但是由老師的愛心所留下的幾個「鏡頭」卻是時光所永不能沖淡的！特別是在三十年後，自己也步入中年，與老師當年的歲數彷彿，而我本人也教書多年，透過這些經驗的累積回憶起來，才能了解老師的一片苦心。

我小時個性極好強，凡事不肯認輸，一旦輸了就像面臨世界末日一般的不快樂。記得高一那年，我代表陽明山地區到高雄去參加全省演講比賽，那回正好遇到勁敵，不是別人，正是當今旅美名畫家，劉墉先生，他那時在成功中學，我在士林中學，一場激戰下來，他得了第一，我落居第二！命中缺「金」，自是大不悅！高老師看出我「鬱卒」，那天下午就請我去高雄戲院看了一場「瘋狂世界」，這是部有名的笑片，年少的我笑得前仰後合，幾乎「泣」不成聲！反觀老師在一旁，似乎不覺得那麼可笑。一場電影笑下來，比賽的不快也就忘掉一大半！去年我又重看這部老片，對於片中那些誇張幼稚的噱頭一點也不覺得好笑，完全是逗小孩的！我這才覺悟老師當年的一片苦心——這，就是無私的愛！

高老師爲人正直剛烈而富於感情，爲保護學生的尊嚴和權益，常不惜冒犯「當道」，我們這些血氣方剛，不知天高地厚的毛孩子，要不是她時常仗「義」執言，大度包容，能倖免過關的恐怕不多！她對學生的愛心、耐心與關懷、體諒，眞不是常人所能及的，她因此而有了「高媽媽」的稱號，至今沿用不衰！記得每到畢業典禮，老師必痛哭失聲，當眾下淚，令人動容！有一回一個同學「志願入伍」，還奉命上臺去慷慨陳詞，說著說著，老師忽然痛哭起來！當時我們都不太懂這一哭的意義，至今才了解，她是疼惜一個學生，不忍他小小年紀就去從軍，又講了一大堆自己也不太明白的大道理！

三十年倏忽而逝，老師退休後準備到美國去定居了！臨行前承她賜我一幅親筆繪製的國畫，畫的是十朵秋菊，六紅四紫，爛漫可愛！畫上還有老師親筆簽名，在我更是如獲至寶！

回首前塵，無限感懷，慨然命筆，遂有詩焉：「一片風華來天上，十盞紅菊動地香。不怕西風來挑戰，為有紫氣奪秋霜！」紫氣就是天地正氣，此詩正是老師人品與風格之寫照！而她當年不辭辛勞栽培我們的一片苦心以及師生相與之樂，也在這一片紫姹紅嫣的菊花園裡留下了永遠的紀念……

〈青年副刊〉・一九九三・七・三十

尊師重道與校園民主

年年過教師節，久了也不覺得什麼，但今年的教師節，給人的感受卻有些特別。首先是一代大儒錢穆先生的過世令人不能無憾！想他未能在素書樓安享餘年，而竟「客死」在外，這反映出今天社會上對學人對師道的無禮，已經到了難以置信的程度。我們廟堂上的一些朋友，平日有空到各處拉票、上香，獨無暇去探望風燭殘年的國之重寶，箇中炎涼，教人不寒而慄！

錢大師生平講「士操」和「師道」最多也最精到，他自己臨老卻未能得到國士和國師所應得的禮重，這是很可嘆的一件事。他生前常講東漢章帝和他的老師張輔的故事——章帝巡守泰山路經東郡，張輔以東郡太守出迎，兩人相見時先行師生禮，後行君臣禮，這代表了中國歷史上道統尊於法統的傳統。後來王安石、程伊川擔任經筵講官，也都要求老師坐講，皇帝立聽，這正是「尊師重道」傳統的發揚。蓋政治講的是利害，學術講的是是非，是非高於利害，所以學術教育高於政治權力，一個文明社會理當如此。

若以這個標準來衡量，我們現今的社會算不算得上是一個文明社會？恐怕很成問題。一代大師且不受禮重，一代中師、小師就更不必提了！今年咱們衙門裡管錢的朋友忽然揚言要取消中小教師的免稅，以維護社會的公平，以展示衙門的魄力。消息傳出，一向安貧樂道的中師小師自是五雷轟頂、慌成一團。幸虧有當兵的難兄們執干戈以衛「舍弟」，強力反彈下勉強扳回了一個薪資結構調整的「考慮」，若不是這些阿兵哥們有自己的報紙，而又不怕抓破臉、不怕難看，咱們的中師小師在無拳無勇、無力回天的情況下，只怕就要「死得很難看」了！

任何稍有文化、稍解歷史、稍懂人性的人都了解，師，不論大中小號，同是傳道授業解惑，應是一體尊重的，否則那個結果是最麻煩不過的。大師固然是民族文化的守護神，小師也是民族幼苗的栽培者，小師如果得不到禮遇而怠工，民族幼苗就要聽其潰爛了，其結果不堪設想。德皇威廉大帝曾說：「毛奇將軍對普魯士的貢獻，還遠不如我們的小學教師」，軍隊不行最多亡國，幼教不振就要滅種了，威廉大帝認得輕重利害，這一念英明應是今日德國復興的遠因之一。中小教師該不該免稅是另一個問題，重要的是中師小師能否得到地位和實質上的禮遇和尊重。在今天這個人文素養普遍低落、技術官僚大行其道的局面下，要求人家禮遇是很難的事，在整個社會還未能達到「富而好禮」的境界以前，在衙門裡的朋友還不能接受自己只是公僕不是官爺的事實以前，中師小師們應該有一個覺悟，那就是必須要有自己的組織、必須要有自己的報紙、必須要有不怕難看的代議士，去做一切合情合理合法的爭取與訴求！

中小師之外，大專師的處境也好不到哪裡去。固然，大專師的學術地位較受尊重，但有時這所謂「尊重」也只是口惠而實不至的。別的不說，且看許多學校所實施的教師評鑑制度，也就是叫學生給老師打分數的作法，與「尊師重道」的說法不是正相矛盾嗎？學生若掌有審核老師考績、決定老師升遷的部分權力，那麼學生不啻就是老師的部分長官了，這像話嗎？而老師爲了怕多說多錯，上課索性不再多所發揮；爲了討好學生，必然犧牲許多原則以市恩，這可以嗎？足見其爲不合理。再說「專一」學生的年紀等於「高一」，讓這十六歲的孩子給六十歲的夫子打分數，這叫人情何以堪！常言道「師友風義」，師生之間本來是倫理的關係、愛心的關係，現在卻變成了政治的關係、權力的關係，本來是有機的一體，現在變成了無機的對立體，這又是何等可悲！教師不再以愛心對待學生的時候，眞正吃虧的究竟又是誰呢？這不僅傷感情，更且傷倫理。而最後我們還要追問：叫學生給老師打分數的法源何在？目的何在？如果是要推行民主，就應該有教師會議之類的組織，重要校務有其參與決定，重要行政人員，包括主任、所長、院長，乃至校長之人選都由其產生，這些人員的服務成績由它考核，這才是眞民主！而今校園內該民主的地方不民主，不該民主的地方卻「民主」了，這麼一來，教師的地位不但落在學「官」以下，甚至還落在學生以下，如此「顚倒眾生」，還談什麼「尊師重道」？

時移勢易，今師不敢奢望先師的崇高地位，但是如何在情理法兼顧的原則上，建立校園民主的風氣和制度，藉以保障教師的權益和尊嚴，以確立教師在校務上的主體性地位，這是天公地道的起碼要求。我們不敢學錢賓老大唱「文化領導政治」的「高調」，但不能不反對「政治領導教育」的官腔。面對社會風氣日益惡化，更令人痛感，一個社會若沒有人文理想的提撕，必不能免於獸化物化功利化的人性危機，若沒有對道德學問的最高敬意，必不能免於拜金拜物拜權勢的集體沈迷。而惟有代表道德學問維護人文理想的教師受到尊重，道德學問和人文理想本身才會受到尊重，進而發揮它激濁揚清、提升人性的具體效果。

總之，師道就是「教人爲人」的至道，教師就是「使人像人」的善導，它的意義自然高出一般職業人和技術人之上，因此他所受到的尊重自然也比一般職業人和技術人爲高。假如只把教師當作職業性、技術性的機器人看待，不啻是逼他們放棄爲人師表的大使命，而只管販賣知識，不再教人爲人了，最後吃虧的還是學生，受損的還是社會。因此尊重教師就是尊重學生，也就是尊重每一個都要受教育的社會人，人人都受尊重，人人都像個人，這才是民主理想的眞實現！反之，若以功利的態度、非人的辦法來對待教師，影響所及，社會的風氣必然要更功利、更現實、更沒有人味，這就是何以在今天仍要尊師重道的根本原因所在。不同的是，今天講尊師重道，一方面需要社會上下全面的悔悟，一方面更要教師本身全力的爭取。我們與其年年祭孔行禮如儀，倒不如從根本上建立起一個共識，那就是：富而好禮必先從尊師重道做起，尊師重道又必先從校園民主做起。時代不同了，即使孔子復起，在此也會鳴鼓而攻，當仁不讓的吧！

調適現代親子關係

最近在電視裡有一個社教短片，是勸人行孝要及時的——畫面上是一個滿頭白髮的老父親，身裹毛毯獨坐暗室。他拿起電話要撥，猶豫半響卻又放了回去。不久房門打開，光線啓處，但見他的兒孫全家歸來，聲聲呼喚慈親，而老父親已經垂首閉眼，不省人事了！

這雖只是電視裡的一幕戲，卻也是自古至今始終存在的一個悲劇——「樹欲靜而風不止，子欲養而親不待」，風木之悲，古今同慨！不過由於現代生活型態的改變，家族結構之解體，這種天倫悲劇特別多。寂寞無依的父母隨處皆是，幾乎已成爲一個嚴重的社會問題。而比這更嚴重的是，親子之間的不和睦，家庭倫理關係的惡質化，像最近的弒親案、虐子案、逼女爲淫案等等，更是層出不窮。時值父親節，親子問題更是值得我們在這一天深深思考。

由那個電視社教片，可以反映出很多老一代中國父母的心境——他們不太習慣主動探訪或打電話關懷兒女，一方面或許是不願打擾對方的生活，另一方面也常有「面子」問題的顧慮，至於影片中那位老父究竟出於哪一種考慮？觀眾無法確定，不過，這兩者其實都是可以克服的。父母可以了解子女平日作息的時刻，互相配合就是。比較難的是後者：對於中國父母，總有個心結打不開，那就是覺得子女關懷父母是天經地義，父母主動關懷子女彷彿就有些屈尊降貴，有失尊嚴了！這就像古代君臣的關係一樣，爲臣的拜謁朝覲是天經地義，爲君的主動關懷探視，爲臣的可就有失體統了！由於這一心結，阻礙了兩代正常的交流，這是傳統偏見下最大的悲哀！

其實先哲說「父慈子孝」是相對的、永遠的。並不是說父母先慈上二十年，等兒女都成立了，就倒過來要求子女單方面盡孝了。不，父母是終身職，對兒女的關懷也是終身的，而不止是撫養長大而已。父母年老體衰，心餘力絀，子女自然應該主動付出、積極回報、多多盡孝。但在這同時，父母也不能只是坐待「朝覲」、坐享回饋而已，父母照樣也可以主動地關懷、積極地回應。人之常情，沒有回應地盡孝是很累的，正如同沒有回饋的盡慈之累是一樣的！天下父母心沒有不愛兒女的，但在中國封建積習、權威人格之下，爲父母的常忘了子女固然要回饋父母的慈，父母同樣也要回應子女的孝！「來而不往非禮也」，「非禮」久了，是要造成疏離、惹出怨尤的！

過去農業時代「養兒防老」的觀念更要改變了！兒女不是父母的私產或算盤上的珠子，而有他獨立自主的人格，他一旦成年，父母就不可以再存支配之想了！兒女盡孝應出於他的誠心本願，他的自由意志，父母不宜借箸代籌，越俎代庖。以兒女的債主自居，是親子失和最大的原因！中國古代家庭常是表面上一團和氣，私底下怨氣四溢，逼出些「百忍堂」來，多是爲此！倒不如像美式家庭，子女自動學習經濟獨立，父母自己有足夠積蓄，彼此都沒有越分之想、怨望之情，關係自然和睦。而政府對老人福利制度必須加強，老人自己也該在信仰上求安身立命，在生活上打破初級團體（家庭）的局限，能與次級團體間同信仰同志趣的朋友結成社團，互相照料，彼此扶持，成爲一種生活方式——這比一味夢想三代同堂，天倫之樂要切實得多了！畢竟慈和孝都只能要求自己，這才叫做道德，要求別人對自己盡慈盡孝，那能叫道德嗎？

〈中央副刊〉‧一九九一‧八‧七

談書

我看《前世今生》

去年，「張老師」出版社出版了一本稱做《前世今生》的書，由於書中敍述一位女病人經由心理醫生的催眠而憶起前八十幾世的事，這種對輪迴說的肯定與發揚，立刻在此間引起強烈的興趣而造成出版界的轟動，成爲一本打破紀錄的暢銷書！它受歡迎的程度，和各界紛紛討論它的聲音，使人不能不注意到它的存在，並且思考它所涉及的問題。

輪迴說最早是印度教裡的理論，後來被佛教所繼承，成爲廣大佛教徒的基本信仰之一。在中國人的意識裡也早已生根，詩詞戲曲小說裡經常看到它的影子——比如李商隱的詩就說：「他生未卜此生休」。戲曲裡的〈再生緣〉，小說裡投胎轉世的故事更是層出不窮。可以說，經過近兩千年的流傳，輪迴說已深入民間，廣植人心，儼然是中國文化的一個重要組成了，在東方受佛教影響的國家裡也無不如此——如果要區分東西文化有何不同，輪迴說是一個重要的分野！

西方文化在耶教《聖經》影響下，相信人是上帝特殊的創造，具有神自己的「形象」，和其他萬物是截然不同的！而萬物之生「各從其類」，也絕無互相變化之事。《聖經》認爲人只有一生，歷史有一個終點——「末日」。人就照他這一生的所作所爲在末日接受審判，爾後義人得永生，罪人受永刑——此其間並無輪迴的存在，也無所謂「投胎」、「轉世」的說法，在此一傳統下，西方人不能接受輪迴說，除非放棄他原本的信仰。

然而，在這幾百年世俗化的過程裡，又特別是在這短短一百年來，多元社會多元文化的興起，東方宗教流傳到西方，它的許多「新鮮」說法也引起西方人的興趣，輪迴說就是其中之一。當這種「新」宗教和「新科學」結合起來，居然能夠「證明」輪迴說「屬實」，自然要造成一種「新」流行；東方社會在西方文化強勢的壓力下乍聞此事，自然更是喜出望外，這種科技的「超科技」，西方的「反」西方，自是深受文化挫折，亟欲重建本土認同的人所最樂見的了——《前世今生》之轟動，這是主因之一。

然而，輪迴畢竟只是一種信仰，科技至今並不能充分證實它。據專業的心理醫生指出，病人在催眠下所敍述的內容可信度不出百分之五十，而剩餘的一半亦常受到暗示、聯想及個人經驗種種因素的影響。比如《前世今生》書中的女病人凱瑟琳自稱她回到西元前一八六三年的「前世」——但魏斯醫生並未能說明她何以能指認這個年分，也不要求她用當時當地的語言說話，這些都是科學上不該有的「疏忽」。

站在中國傳統的人倫立場，轉世投胎的結果很可能造成父子易位、母妻同人，而形成人倫大亂的局面，使得人間道德價值難以安立，比如有人指出，方孝孺被誅十族乃肇因於前世殺了一窩蛇，故其死難並非「殉道」，不過「因果」而已！死有餘辜！站在人道立場，輪迴說使衆生徹底平等了，人和一隻蟑螂完全平等，也和毒蛇平等，如此，人的價值又在哪裡？害蟲病菌都不能殺，則人道危矣！建立在輪迴說上的「衆生平等觀」，事實上並沒有把禽獸的價值拉上來，反而把人的價值拉下去了。傳統東方社會人權不彰，民主政治、民生建設都發展不出來，不能說和這種輪迴思想（宿命論）沒有一點關係。而這種「變來變去，轉來轉去」的循環思想使「進步主義」無法生根，也是東方社會相對停滯落伍的一大原因。

如果百分之百相信輪迴說，奉之爲安身立命的眞理，唯一的出路就是跳出輪迴，擺脫三界——這，除了放棄一切，全力苦修，別無他法！如此一來，除了苦修以及支持苦修的「助緣」，世間一切文化活動都沒有積極的意義了！一想到輪迴之苦，誰還能專心研究科技、醫學？誰還能全力爲自由民主奮鬥？爲文藝創作盡心？爲學術、文化奉獻？這些事不全心全意投入，又哪裡能有日新月益的進步？這種苦修主義，出世思想在西方已隨著中古時代成爲過去，如果科技使人們「回到過去」，使人成爲「今之古人」，那不啻是開倒車，是科技的墮落！

總之，輪迴說的問題非常多，站在理智的立場，應該存疑，不能貿然接受。人對任何一種信仰，其實也該信所當信，疑所當疑，無徵不信，徵而後信，不必照單全收。人取法佛陀的人格，學習他的智慧，實踐他悲天憫人的志行，就足以成爲一個佛徒了，不必非認同經藏裡的一切議論不可。「仁者不憂，智者不惑，勇者不懼」——孔子這三句話是我對輪迴說的基本立場和答覆。

〈青年副刊〉・一九九三・十二・十

一個現代人看《天路歷程》

在近代基督教文學裡，最廣爲人知的一部書，應屬《天路歷程》了吧！在二十世紀以前的兩百年裡，它在西方世界是銷路僅次於《聖經》的一本名副其實的「暢銷書」。在基督教以外的社會，看的人雖然沒有那麼多，但對它的書名，也幾乎到了無人不曉的程度。現在我們流行說的所謂「心路歷程」，其實就是把《天路歷程》改一字而沿用下來的！

《天路歷程》書如其名，是寫一位基督徒奔走天路，歷盡劫難而終登天國的故事。其文學類型大體相似於我國的《西遊記》和但丁的《神曲》，主要在寫精神上達的歷程，是所謂「超凡入聖」、「返璞歸眞」的一種寓言文學。其成書年代雖已入十七世紀中葉，時代上已經過了中古時期，也已逼近「啓蒙運動」的前期，可以說是文藝復興的尾聲和近代時期的黎明了，此時，「清教革命」正在英國鬧得如火如荼，克倫威爾當上了「護國主」，米爾頓完成了《失樂園》，笛卡兒、牛頓他們也都先後推出了劃時代的經典巨著，而分別從思想、科學、政治各方面解構了舊有的宇宙的圖像，重構了人類的新世界觀與新人生觀。從此開始，西方精神確實離開了中古範疇，而一步一步地「由天返地」、「由神返人」、「由聖返俗」、「由靈返肉」；換言之，也就是一步步地走向「世俗化」了！這是西方由中古而文藝復興而近代的最大轉捩點和分水嶺，其歷史意義之重大，影響世界之深遠，雖稱之「旋乾轉坤」亦不爲過！

然而，所謂「由天返地」，並非否定天道之臨在，而係肯定地道之價值。所謂「由神返人」，亦非捨棄對神之信仰，而係肯定人性之「有善可陳」。所謂「由聖返俗」，也非否定神聖界超越界之實有，而係肯定人生之當下意義。所謂「由靈返肉」，尤非放棄屬靈之追求，而是更重視身心合一之健全發展。整體言之，所謂「世俗化」，在其最好的意義上，是要人正視此一世界無分天地，皆是神之「一大創造」，是聖的「一眞法界」，都有一種「終極價值」內含其中！因此聖俗之分不在乎此岸彼岸，乃在於是否法天自強，與神同工！這種打破聖俗二分、天人割裂的意態，是近代精神的最大的特質。英國詩人布雷克的名言：「一沙一世界，一花一天堂，無限入掌握，刹那見永恆」正道出了「天人合一」的近代精神！

由這一世界觀人生觀之大轉變，回頭再看《天路歷程》，不免感覺到它多少是「過時」之作而且有「大限」了！作者本人約翰初非知識分子，對於時代的脈動、思潮的變遷自無法及時感應，充分掌握。他忠於新教革命「回歸聖經」的呼籲，「因信稱義」的信念，以及清教徒對於末日審判之戰兢恐懼，對於人性自然之極端否定，對於知識文化思想藝術之極端排斥。另外，又加上了中古時代之藝術苦修主義，捨棄世事一心歸天的出世思想，棄萬事如糞土，唯彼岸是所望，這是比中世紀更中世紀的極端信念。在好的一面，塑造了他的艱苦卓絕，爲道殉身的聖徒品格。護教、衞道、拓荒、海外宣教、培訓培靈、各種福音運動……這些需要冒大險、犯大難、時時與死爲鄰，除了十字架別無倚靠的艱苦聖工，確實需要這些聖徒的「極端性格」和「基要信仰」方能爲功！《天路歷程》之所以持久暢銷，主要即在於它充分表現了對信仰的忠誠，對宣教的熱情及艱苦卓絕的聖徒品格所致！

然而，在另一方面，絕對的出世思想趨於極端必至於反知識反思想反文化。徹底的否定人性必使人之潛力無從發揮，正常的人性也遭受壓抑和扭曲。由「末日主義」所帶來的「打烊思想」，更是使一切發明、創造、改良、建設之種種正面活動也陷入癱瘓，無法進行。如此一來，由神架空了人、由天國架空了人世、由永恆架空了時間、由末日架空了現在……如此人生不成人生，世界不成世界，沒有知識文化，人類連《聖經》都無法閱讀理解了！這，豈不是走到了「福音」的反面去了？這又豈是上帝創造世界和人類的本意？又豈是耶穌流血犧牲，以賜人「更豐盛生命」之本懷？總之，神是「創造的神」不是「打烊的神」，主是

「變水爲酒」而非「變酒爲水」的主，認淸了這一點，才能夠奔行天路而不違人道，唯精唯一而又能允執厥中了！

〈青年副刊〉・一九九三・四・二十三

人性的警戒線

——高汀和《蒼蠅王》

十年前以《蒼蠅王》一書獲得諾貝爾文學獎的英國小說家——威廉高汀，日前（六月二十日）因心臟病過世了。他的死雖不若卡繆、沙特、艾略特、海明威他們那樣代表一個時代的告退，而他在文學史上所留下的世界是一個不太得了的里程碑！然而，高汀仍是一個值得回顧和紀念的文學家。

高汀在世界文壇上的地位其實一直是有爭議的，一九八三年他被公布爲諾貝爾獎金得主時，《時代周刊》就強烈表達了不同的看法。持平地看，高汀在西方文學史上恐怕佔不到「大師級」的地位，甚至還有人質疑他是否堪稱一「優秀」的小說家——因爲他的小說太像寓言。不過，如果我們站在文化史的宏觀角度上，高汀的小說還是有它不朽的價值和重要的意義，足以爲當代人性論之見證人。

高汀的代表作自然還是他早年的成名作《蒼蠅王》，此書成於一九五四年。當時二次大戰才「熄火」不久，高汀曾親自參與大戰如海明威、卡繆，並參加了諾曼地登陸戰，擊沈過德國潛艇，對於戰爭的慘烈，人性的凶殘自是刻骨銘心！他日後的作品可以說都是一種「大戰回憶錄」，對於人性黑暗面之挖掘、剖析可謂不遺餘力！因此有人說，高汀基本是一個「不成功的佛洛依德」，其作品即在暴露「人性之惡，彰顯文明」之隱憂，同時卻又提不出什麼解決之道，和他的前輩史威弗特（J. Swift）同屬徹底悲觀論之作家。

在《蒼蠅王》裡，他寫一群孩子因爲船難而流落到一個荒島上，爲了求生，孩子們發揮了原始本能，有了組織、領袖、威權體制和「叢林規則」，即：弱肉強食、優勝劣敗、強權即公理……這些野蠻的「信念」，一群天眞無邪的孩子爲了求生存而一變成爲險詐邪惡的蠻人。他們爲了私利而殺人、越貨、踐踏文明（由眼鏡代表）。因貪婪放縱而燒掉了賴以救生的大樹（象徵生命樹）。他們發展出一套圖騰巫術文化（以豬頭代表）用以驅邪避凶。他們爲了表明權力階級甚至在臉上抹油彩（如生番），由此而徹底喪失了天眞……最後若非海上救生隊的直昇機及時趕到，島上最後一個文明人也將被殺死，整個荒島眞要變成一個非人世界了！

由《蒼蠅王》的寓言式故事，很可具體而微地看出人類墮落、文明沈淪的一部小史，兩次大戰後西方對人性的看法大致不出這一型態，它一反啓蒙時代以降西方對人性過分樂觀的看法——什麼《愛彌兒》、《瑞士魯賓遜》、《海角一樂園》……這些作品都把人性描述得太美好了。啓蒙運動不接受「原罪」論，認爲人性自有其「原善」，發揚人性、發展人智，讓人類充分「自我實現」，文明就能夠不斷進步，而「止於至善」！這種想法在法國革命的〈人權宣言〉和美國革命的〈獨立宣言〉中都強烈表露出來！達爾文的「進化論」及由之而來的社會達爾文主義更是把這種意識理想化了。然而這種樂觀的人文主義卻在兩次大戰中徹底破產！戰後的思想界、文學界再也看不到這種極端的樂觀主義了！對啓蒙思想的再抵制且成爲後現代的基調之一；對理性和人性的質疑是當代哲學和文學的重要主題——高汀在這一方面，無疑是個中小型的里程碑！

其實，如實地看來，說人性絕對惡和絕對善都是一偏之詞——《海角一樂園》過於樂觀、《蒼蠅王》又過於悲觀！整體看來，文明確在進步中——從人權、女權和童權之不斷提升可以充分證明。但是人類的非理性和愛罪心自古以來並未改變多少，現代人並不感覺比古代人幸福多少！因此，性善論和性惡論都各有其一定的擁護者。以今天看來，我們的世界既不像《海角一樂園》那麼幸福美好，倒也不像《蒼蠅王》那樣陰慘絕望。帶著對《蒼蠅王》對人性惡之戒愼恐懼，去發展人性的光明面，應該還是我們所可以期許的《海角一樂園》！

但若是完全不信人性有那陰慘可怖的一面，而完全放鬆了警惕儆醒之心，「海角樂園」反而永遠也不會實現了呢！

《聖經》上說人被創造時被賦與「神的形象」，足證人性還是「本善」，充滿善之潛力的！罪是後起的、外來的，靠著基督的救贖可以克服的！不少國人把「原罪」解釋成「性惡」，無寧是一種對《聖經》和耶教傳統的誤會了。

〈青年副刊〉・一九九三・七・九

三浦綾子的散文

——從《泉源》說起

在臺灣讀者心目中，三浦綾子女士是以小說家的身分爲大家所熟悉的。小說，確實是三浦最當行本色的看家本領。然而，除了小說以外，她的散文作品不論質與量也都很有可觀，只可惜因翻譯過來的有限，國人遂不太知道她在散文方面的成就了。

三浦綾子的散文可以說是小說家的散文，雖然沒有複雜的情節和故事，但依然飄散著小說的情味，就像詩人的散文往往像是一種散文詩，小說家的散文又別具一種——比較近於生活的、人情的、浮生之感觸的，這種小說味的散文在國內還不多見，非要有很好的小說底子是寫不出來的。

然而，光有小說的底子還不夠，散文之所以爲散文，還要有另外一些東西，彷彿是閒談的氣氛、散步的心情、一種思想的深度，卻能出之以閒適之風度，若無其事地表露出來的那種本領。至於言近旨遠，言淺意深，如話家常卻又挹之不盡的這些特色，就是散文的要件了。

無疑的，三浦綾子的散文大體上都能滿足這些要求。她的文字一向柔軟蓬鬆，彷彿有曬過太陽的棉被的那股香味和觸感，很有親和力的，是一種不容易模仿的稀有的文體。這一方面，可能得之於她先天的氣質：北海道的海霧、陽光與山嵐蘊育成一股和淑之氣，洋溢在她字裡行間，另一方面，應該是她不平凡的生命經歷有以致之——她曾臥病十三年，諳盡人間絕望滋味，受盡病魔的煎熬磨煉，使她的生命比常人柔軟而富於彈性了。再加上她在病榻上皈依了耶穌基督，神的生命更在她裡面發散出一片柔和的清光，這種種因素揉合起來，遂成就她作品中溫柔敦厚的特色。

此間可以看到的三浦女士的散文，比較重要的有《天梯》、《泉源》，兩本都有濃郁的宗教氣息，可以說也是一種「文以載道」吧！不過，她「載」得很自然，很生活化，也很有生命，絕不是一般屬靈八股、靈修小品所能比的，是道道地地的散文，不折不扣的文學，而並非「傳教」或「說教」的文字。《天梯》是本小書，「道聲」出版。《泉源》篇幅大些，「論壇」出版，朱佩蘭女士譯，可惜絕版一段時間了！我過去常買這本書送給朋友和學生，今天依然願意鄭重把它介紹給讀者。

三浦綾子毫不諱言她寫《冰點》是爲了吸引更多人去讀《聖經》，而其實她的所有著作大概都抱有這麼一個心願——《泉源》也不例外，至少她的散文絕非「福音單張」或高臺講章，她用個人實際的人生體驗來闡揚《聖經》的要旨，比起講經說教是更有說服力的。比如在〈替別人著想〉中她提到有一回有兩個單位要來採訪她，臨時她卻因發燒而不得不取消。其中一方回答說：「哦！眞的？好，我明白……」，另一方面則回答：「發燒？那不好，身體比什麼都重要，請好好的休息，保重身體！」三浦說「兩者差別從何而來？其中一方以自己爲中心，另一方則爲對方立場著想」，後者，顯然是比較有「人味」多了，前者心中只有「事」，後者心中才有「人」！這是今天絕大多數人所容易忽略的盲點！三浦這個實例印證《聖經》的格言「各人不要單顧自己的事，也要顧別人的事」，實在是非常適切自然而發人深省的！

三浦在〈不求代價的行爲〉中，三浦提到一個基督教團體經常去探訪一位昏迷多年的植物人，並每次奉上美麗的鮮花一束，且縫製新的浴衣給他穿，儘管他毫無知覺，三浦於是問道：「一般人對意識不明的人，能懷著這種善意、維持友情嗎？能像這樣繼續保持人的關係嗎？即使兄弟姊妹也不容易做到吧？」這些質問令人想到卡夫卡的《蛻變》！三浦說「有時想到自己昏迷不醒時，假使朋友們把我當做清醒的病人一樣來探訪我，那該是多麼可感激的事！我想那是比清醒時探病更該感謝的事！」由這個眞實的故事，三浦引證了耶穌的話：「你們擺設午飯或晚飯，不要請你的朋友、弟兄、親屬，和富足的鄰舍，恐怕他們也請你，你就得了報答！」

像這樣眞摯溫馨的好見證，書中俯拾即是。而作者對人性明暗兩面的透視，更是小說家的手眼，而成爲她散文中的異彩！

〈青年副刊〉・一九九三・四・十六

東方女性的「天路歷程」

——三浦綾子的《尋道記》

對於臺灣的讀者來說——三浦綾子，絕不是一個陌生的名字！二十多年前，她的小說《冰點》曾在此間轟動一時，兩大報同時連載，而小說本身更是再版了無數次，直到今天還是廣受歡迎，因此當時有人以「從冰點到沸點」爲題來評介這本小說。《冰點》確實在日本和臺灣締造了搶讀和搶購的「沸點」，在日本，它是《朝日新聞》千萬大獎的首選之作——對於一個無神論的國家，這本以宣揚《聖經》理念以及基督「愛敵」教訓的書能空前暢銷，眞可說是奇蹟一件了。

從《冰點》傳譯過來以後，此間又連續譯出了三浦綾子一系列的作品，幾乎也是部部受歡迎，雖然沒有再像《冰點》那麼暢銷和轟動，但也都是令人感動的長銷書，再版的次數也都十分可觀。在小說方面，中文譯出的有：《綿羊山》、《雁狩嶺》、《青棘》、《雪的告白》、《殘像》及《冰點》續集等，散文方面則有《天梯》、《泉源》、《陽光處處》、《愛的日記》等。另外還有介紹《聖經》的著作，如：《光與愛》、《生命的糧》、《愛與希望》。討論婚姻愛情生活的，如：《夫妻對話錄》、《女性的迷惘》等等，主要著作，大約都譯過來了，而我個人以爲，要了解三浦綾子，有一本書是最不可錯過的，那就是她的自傳：《尋道記》。由這本坦誠的自傳中，不但可以探知她的感情世界和心路程歷，也可以深入了解她所有作品的寫作背景。

《尋道記》雖是自傳，形式內容仍似長篇小說，饒富文學的趣味和價值，和一般平鋪直敍，流水帳式的傳記完全不同，是可以搬上銀幕，甚至改編成電視連續劇的，謂之「奇書」也不爲過。奇書也者，一、傳統中女性自傳極其少見，尤以保守的日本人爲甚。女性的內在世界很少「曝光」，這是一本例外。二、信仰基督的日本人少之又少（恐怕不及人口百分之一），而三浦綾子敢於披露自己信仰的心路歷程，坦誠無隱，眞摯動人，居然能在一個排斥基督教的社會造成轟動，這又是一奇。三、三浦女士是以臥病十三年「絕症」之身，而在寫作，婚姻雙方面都大爲成功的女人，在日本這也是不可思議之事，更使本書成爲神蹟一般的見證。四、書中重要人物幾乎都有不平凡的人格和了不起的見證，令人動容，這在一個不信基督的社會，更屬稀有難得！和日本民風國情都有相似處的臺灣社會，最應該重視這本「奇書」。

《尋道記》始於一九四六年，日本戰敗投降第二年，這一年在美軍佔領下，日本人不但盡失自尊，也失去了對國家認同、民族文化的信仰；換言之，日本人在精神上破產了，由之而產生了信心的危機。三浦綾子當時身爲小學教師，每天帶著學生刪改教科書，這種「自我否定」、「自我羞辱」，使她對國家民族原來所信奉的那一套價值體系完全崩潰了，她感覺自己過去七年來一直是在欺騙小學生而不勝愧疚，日本國內的混亂脫序也使她本人的心靈徹底虛無化了！這時開始罹病——肺結核加上骨疽症——吐血、不停地發燒、不斷地消瘦……這在當時幾乎是絕症，從此開始了她長期住院療養生涯——每天僵臥在石膏床上不能動彈，大小便都仰賴於人，如是者十三年！病院中的生老病死、內心裡的慘痛虛無、生活上的艱難不便，在在使她如陷煉獄，殆非常人所能忍受，終於逼使她一度輕生。

三浦之不死反而重生，在於幾位基督徒的熱誠和愛心——有爲她日夜禱告至死的好青年，有情願替她代死的好牧師，有爲她這絕症病人而犧牲美麗追求者的主內弟兄，還有無數默默爲她祈禱的讀者和筆友……這樣，一點一滴，如潤水穿石般的把她這個虛無主義者轉變成虔誠的基督徒！這一轉變是全生命的、「全方位」的。首先，她體悟到「一個人的生命要比自己所想珍貴得多！原來我的生命是耶穌以生命交換得來！」這一領悟是關鍵性的。接著──她立志要替死去的朋友繼續活下去，這一點，更打破了人性的自我中心。她由身有絕症應找醫生，悟到心有絕症應求救主；因而受洗入道，更是一語驚醒天下人！受洗後，有情人終成眷屬，給全書畫上美麗的句點，誠如作者的俳句所云：「詩歌詠出平凡事，學得人生當若何」，這本東方女性的「天路歷程」，值得每一位東方女性仔細閱讀！

〈青年副刊〉・一九九三・四・九

太平間外的祝福

——介紹一本蒙恩的奇書

在《聖經》的〈詩篇〉裡，最爲人所傳誦的應該就是第二十三首了吧！「耶和華是我的牧者，我必不致缺乏。他使我躺臥在青草地上，領我在可安歇的水邊……」、「我一生一世必有恩惠慈愛隨著我，我且要住在耶和華的殿中，直到永遠。」這首著名的詩篇曾被編寫成無數聖樂聖歌，其中也有我們中國人寫的，富於中國古風的。自古至今它曾安慰過無數人，也帶領無數人認識這位偉大而又和善的「好牧人」。

這首詩篇雖然是「寧靜和祥」、「甜美怡人」，但一究其實，才知它竟是大衛王在患難中所作，而絕非浪漫派詩人躺在青草地上，一面看雲、一面遐想出來的。它也不是學院派詩人斜倚在書齋沙發上，一手咖啡、一手雪茄所沈思出來的。儘管全詩富於寧靜的氣氛，卻是所謂「風雨中的寧靜」，是「洪水後的彩虹」，是大衛王以其半生憂患的歷練所體會、所領悟出的滿有生命的寧靜——這種「滿有生命的寧靜」，全不同於絕滅的死寂——《聖經》乃稱之爲「安息」！

古今中外，爲這首名詩做見證的人也不計其數，特別是：「我雖然行過死蔭的幽谷也不怕遭害，因爲你的杖你的竿都安慰我！」多少人因著這一句詩克服了對死亡的恐懼，能在神光照亮下，欣然面對生命之實相！更還有人以其畢生的經歷來印證這首詩，以其終身「與神同行」的經歷爲這詩做了注腳！足證這首詩的確是「靈感」（聖靈感動）之作，是「神」來之筆！是一片「天籟」，一曲悟道之歌！

美國著名女作家馬素嘉（Catherine Marshall）也是〈詩篇〉二十三的愛好者和見證人，而且可能還是近代最突出的一位！這位著作等身的女作家，在她晚年撰寫「自傳」時，就用這首詩貫穿了她一生的經歷。我多年前先看到這本著作的英文原版，後來又拜讀了它的中譯本（譯名是：《處處逢主恩》），譯筆非常流暢，夠得上「信達雅」的要求。本書原來的名字是：*Meeting God At Every Turn*，意思是：在每一個轉角處會見神。這「轉角」二字非常要緊，因爲作者強調神之「出現」，總在人生「轉角」處，也就是我們遭逢變故，被迫「改道」之時，在這種既是「危機」也是「轉機」的時刻，最能感受神的同在和生命的挑戰。忘了是誰曾說過「轉彎處最要小心」，不論騎車、划船、駕機，轉彎處最易出事！而人對生命的重大體會和突破，也往往就在峯迴路轉之時！

馬素嘉是牧師的女兒，日後也嫁給一位牧師——馬彼得，他是華盛頓美國參議院之首席牧師。兩夫妻婚姻美滿，眞可謂「天作之合」！可惜彼得英年早逝，得年才四十六！馬素嘉由華府國會首席牧師夫人之尊一下子跌至谷底，淒惻悲痛可以想見。但奇妙的是，當她告別丈夫遺體，獨自步出太平間時，就在長廊的轉角，她聽見耶穌淸楚地對她說：「你一生一世必有恩惠慈愛隨著你！」就在太平間門外她聽見這奇妙的信息——淸晰而堅定——以生命吞滅死亡，以復活超越無常的那一位主，親自向她開口了，並預告了這令人難以置信的祝福！

一個寡婦帶著一個孤兒，如何還能有「恩惠慈愛」相伴隨？先是，神藉著禱告中的感動、《聖經》中的話語安慰她：「你的兒女都要受耶和華的教益，你的兒女必大享平安」、「你不要害怕，因爲我與你同在。不要驚慌，因爲我是你的上帝，我必堅固你，我必幫助你，我必用我公義的右手扶助你」。其次，藉著一群好友的代禱與扶助，打破了她的自憐和自閉，使她重新向人生敞開自己，走入人群，並開始寫作。她的書幾乎本本叫好又叫座，以其個人「出死入生」的經歷幫助了無數受苦的人。當她寫作事業正步上巔峯時，又面臨了是否要再婚的選擇，她原本想藉寫作以終餘生，從不敢去做三個孩子的「後母」，然而神卻感動她：「要回到生命的主流中去！重新投入生命的洪流！」就這樣，她再度爲人婦與人母，竟把一個破碎的家庭重新結合起來。因著做「後母」的複雜而艱苦的經歷，她的生命更成熟更豐富也更有益於人了。

自傳結尾時，馬素嘉已是好幾個孫兒的祖母了——不但著作等身，而且兒孫滿堂，她書中的愛與智慧更是助人無數！「耶和華是我的牧者，我必不致缺乏」、「我一生一世必有恩惠慈愛隨著我」，太平間外的祝福，至此完全應驗了！

〈青年副刊〉・一九九三・五・二十一

又見《媽媽鐘》

自古至今，「母愛」是一個永遠寫不完的主題。然而在這些數不盡的各式作品中，能夠流傳久遠，傳誦不衰的卻不多。以中國而論，兩千年來，大概仍以孟郊那首〈遊子吟〉最受稱道，最稱典範。何以如此？蓋母子之情，發乎天性，出於自然，實在是人倫中一種「天籟」！而以人手表達天籟，且能表達得恰如其分，不流於激情、悲情或矯情、濫情，實在大不容易！而古今中外寫母親的作品，多半都未能把握住箇中分寸，一旦因主觀太過，有違天性自然，就容易走向極端，而失去「天籟」所應有的風致。

「母愛」之所以易寫而難工，還有一個原因，就是在技巧上要抓對象徵。這象徵要越生活化、越人性化越好，在平凡中見神奇，在曖曖中現光輝！因此自古將母親比爲月亮，於花則爲萱草、康乃馨，是有道理的。孟郊〈遊子吟〉之所以成功，也在於意象與象徵運用得恰當、貼切、合宜。「手中線」、「身上衣」、「寸草心」、「三春暉」，針線活計是傳統母性最貼切的聯想，寸草春暉則是母子之情最美麗的表達，生活化、人性化，自然神奇、曖曖含光。孟詩抓住了這些形象，遂使母愛得到了最藝術化的表達，而永垂不朽了！眞的，文學一定要抓到最妥貼的象徵，成爲高度藝術化的作品才能傳世久遠。而一般寫母愛的或失之「太過」，或拙於「象徵」，結果眞誠性有餘而藝術性不足，能感人而不能傳世，往往以此可堪一嘆！

當今國內散文界寫母愛，應以小民女士最稱代表。她的《媽媽鐘》十九年前推出，至今傳誦不衰，再版的次數、行銷的册數，在同類作品中是無出其右的！最近她又將此書再版，除了保留原書菁華外，又加入新作十多篇——佔全書一半以上，可說是大半本「新書」！身爲小民女士的忠實讀者，我以爲《媽媽鐘》之所以叫好叫座，一方面在於她把握住了母愛的本質和表現的分寸，所謂「發乎天性」、「出於自然」，非常生活化、人性化，曖曖內含光、自然見神奇，沒有流於激情、濫情、縱情、矯情……因此和普遍人生能起交感；和正常人性能起共鳴，此其暢銷主因之一。另外，她又能抓住象徵——把媽媽喻爲「鐘」，鐘錶的分分秒秒，和縫衣的一針一線同樣表現了母愛的周至和細膩。當然，鐘比針線要「現代化」多了，這，便是作者不落窠臼的巧思和創意！而「鐘」既是當下的又是永恆的，用來象徵母性最好不過！《媽媽鐘》能讓人「一見鍾情」，又令人「鍾愛一生」，象徵運用之成功是很重要的一個關鍵！

《媽媽鐘》寫出了三代情，藉著流離動盪的大時代，寫出中國傳統母性之深美醇厚，堅忍犧牲，有如活的「貞節牌坊」，令人不勝唏噓！而作者寫自己對下一代的母愛，其「周至細膩」，在我們這個世代裡也幾同絕響了！思之令人慨嘆！老實說，現在母親多是「兼任」的母親，女權膨脹，孩權萎縮，親手縫衣、痴心如鐘的「專任」母親殆將「絕跡」，言之可哀！作者對愛兒說：「我願做你的媽媽鐘，直到鐘老錶斷沒有停擺的一天」，凡人聞此，誰不下淚？人性不泯，賴此春暉！

〈中央副刊〉・一九九三・五・二十八

不落窠臼的《四書小品》

世界上有一種書，是「永遠都讀不完的書」，不但一個人在他短短數十寒暑中讀不完，就是全人類，世世代代也都讀不完，世界上硬是有這一種書，古今中外都有這種書，比如《聖經》，比如四書、五經，比如《老子》、《論語》……

我自己一生受這幾本書的影響既深且鉅，有時異想天開：若是不幸漂流孤島，作了現代的魯賓遜，上帝規定我只能帶幾本書作伴的話，我的選擇仍是《聖經》、四書、五經、《老子》……事實上，這已經比魯賓遜幸福多了，因爲他只有一本《聖經》，但這一本讀不完的書卻支持他撐過了漫長的孤苦歲月……

最近這些年來，國內陸續出版了不少關於《論語》或四書的著作，中外都有，我因爲好「書」（四書）成癖，這類書只要一出版，我大概沒有不看的，除了幾本日本人寫的以外（我注重他們把經義和企業結合的這一點），其中給我印象最深的有兩本——一本是外國人寫的，一本是中國人寫的，前者是德國思想家雅斯培（Karl Jaspers）的《四大聖哲》，後者則是臺大哲學教授傅佩榮先生寫的《四書小品》，東西雖懸隔萬里，中德又各在天涯，但巧合的是，這兩本書都以「四」字開頭，而兩本書的作者和譯者竟是同一個人……

雅斯培的《四大聖哲》，是我每年上課都介紹給各班同學看的課外讀物——他介紹的是影響人類精神最大的四個人：耶穌、孔子、蘇格拉底和釋迦牟尼。其中對孔子的詮釋在許多方面都超過我們自己，對於打開國人的眼界極有幫助。由於具有這種開濶的眼界，傅教授在撰寫《四書小品》時，更是左右逢源，不落窠臼。左右逢什麼源呢？它有西方思辨的精銳，又有東方當下的體認，它保存了常理常道（perennial truth）的「體」，卻也把握到日常生活的「用」，古典中有現代，現代中有古典，不失常、不失變，平康正直、允執其中。

如何不落窠臼呢？它一方面避開了傳統經生教條化、宗教化的八股，從理性、常識、經驗和本心上直接認取。另方面也擺脫了現代反傳統的八股，不把它定位在「官方意識型態」上而一味當箭靶子射擊。這兩者正是四十年來海峽兩岸四書教育陳陳相因的兩極化發展，其所造成僵化的、偏頗的詮釋，也正是四書被年輕一代所嫌棄的原因。特別是在海峽對岸，反傳統太過，對傳統文化的負面和流弊確有深刻見地和體驗，但矯枉過正，玉石俱焚，「潑洗澡水把孩子一道潑出去了」，只有負面沒有正面，只破不立，結果是整個社會都沒有根基了！

傅教授一向主張「人性向善」，在本書中更時見發揮，我以爲這對今日之中國有特殊之意義。「性善論」在過去固然造成對「聖君賢相」之不切實際的期待而影響了民主的實現，但是「性惡論」的一面倒更爲極權鬥爭提供了牢固的基礎。西方的民主是承認人有神性理性，又有罪性非理性的兩面，民主使前者得受尊重和發揚，因此而有自由和人權之保障，使後者受到監督節制，因此而有分權制衡之設計。「恨罪而愛罪人」這一種有機的平衡是英美民主文化最不易學卻又最不可不學的眞精神之一。

傳統中國人（大體上）對人性太樂觀，現代中國人又太悲觀，人與人間最起碼的信望愛都沒有，更不用說「向上一路」的提攜和激勵了！「人性向善」避開了兩端，是個活潑的中道，西方文藝復興與宗教改革以來所走的正是這個中道，這是現代化的根。《四書小品》把握住了這個根，因此也把握住了孔子「聖之時者」的眞精神！

〈中央副刊〉•一九九一•七•十二

天人爭睹的舞臺

——林治平《舞臺》讀後

這兩年來，臺灣頗有「宗教復興」的氣象，過去的「冷灶」忽然成了熱門，過去的「冷書」也紛紛搶手起來。講經說法不再是「小眾文化」，而居然透過各種媒體「大眾化」起來。而宗教界本身也一改過去「閉門清修」的作風，不但向外界大開方便之門，並且主動走入社會，走進人群，走向各種慈善、公益事業的最前線，動員並吸收了最大的「愛心資源」！宗教在臺灣，彷彿心理治療、生涯輔導之於西方，已然成爲大多數人日常生活不可或缺的一部分，成爲他們藉以解除焦慮，尋求意義的精神寄託，甚至成爲他們賴以安身立命的生之歸宿。

在這一片宗教復興聲中，傳統上比較積極「入世」的基督教反而顯得比較落寞和冷清，相形之下，彷彿並未能搭上這一列「復興號」特別快車。耶教信徒（包括基督、天主二教）

仍在人口比例百分之四上下，比起旁的教來是絕對少數！多年來並無顯著的增長。福音性的聚會和其他宗教法會相比，也可說是小巫見大巫！福音性的出版品更少打進暢銷排行榜！在慈善愛心資源方面的動員力，更有令人汗顏的「表現」！這些「業績」總合起來一句話——那就是：基督教並沒有復興，它在臺灣這一波的宗教復興潮裡，可說是交了白卷！

「基督教交了白卷」這一事實不但是教會的損失，而更是社會的損失，因爲和其他宗教不同的，基督教一開始就以改變人心、改造人性、改造全社會和全世界爲己任！而事實上，在過去將近兩千年的人類歷史上，基督信仰確實爲改造世界提供了最大的能源與動力！今天最爲世人所肯定的文明成就——民主政治、自由經濟、科學技術，以及現代化裡最重要的節目，亦無不由基督信仰提供了精神資源和內在的動力，試看現代化最有成就的先進國家都是耶教國家，這一點即可得到充分的印證。質言之，這兩千年來改變世界人類最大最有力的乃是基督信仰，它積極創造、入世救贖而又超越世界的精神特質，使得耶教成爲世界人類的引擎和翅膀！

今天教會之未能如過去世代那樣推動社會，引導世界，以致在這一波復興的浪潮中失去了先機，主要在於它相對看輕了《聖經》中積極創造、入世救贖和超越進步的這一面向的眞理。而大部分教會又以「教會本位主義」的自限限人，只知爲建造教會而建造教會，爲教會增長而羅致信徒，爲廣殖會堂而傳布福音……這種教會本位主義大大限制了信仰的異象和力量，使其眼界不能投射到更廣大的社會上去，更遑論整個「墮落的」「世界」了！這種「教會主義」說穿了就是一種「新出家主義」、「新中古思想」，如何能與其他積極有爲、入世救人的宗教相競爭呢？而事實上，這種新中古式的出家主義，基本上也不盡合於《聖經》的教導，至少，它是走得太偏了！

《聖經》中對神的正統教導是「三位一體」——聖父創造、聖子救贖、聖靈成聖，這三者正是人世間三大要事。蓋有「創造」才有文化和進步；有「救贖」才能離惡向善，「天人合一」；有「成聖」才能明德日新，止於至善。而這三者不但是以個人爲目標，更是以社會世界爲幅度，因此它是「全方位」的發生作用！如果完全把對象鎖定在聖子救恩上，又把方向完全指定在末世天國上，其結果必然走上因天廢地、因神廢人、爲來生廢今生、爲「生命」廢生活、爲教會廢社會、爲救贖廢文化了！這種避世避人的「窄路」，中世紀走了一千年，事實證明——走不通，也走不下去了！

面對後現代的「後教會時代」，基督信仰必須要恢復《聖經》教導的完整性與平衡感，重拾其改造人性，開創世界之整體異象，不能再走中古出世的老路死路！「宇宙光」多年來強調「熱愛生命，追求成功」，在大方向上是合於時宜也不違經義的。林治平弟兄在本書

《舞臺》裡揭示了幾十個「轉失敗爲成功」的生命見證。有因信仰耶穌而戒毒成功，棄暗投明的（如劉民和、陳保羅）。有因認識救主而從「戲夢人生」找到眞正舞臺的（如孫越、喬宏）。有因神的感召而推翻專制，建立民國的（如孫中山、蔣介石），也有因神的愛而糞土榮華，背負十字架的（如張學良、韓宴宴）……他們以整體人生與全體社會爲其見證的舞臺，這些見證超越了教會的眼界而正是天上人間最需要的「戲碼」。

〈青年副刊〉・一九九三・八・六

文以載道說「舞衣」

遍觀東西歷史，可以發現，宗教是藝術一個很重要的來源，其中尤以戲劇爲然。希臘的戲劇出自酒神祭，中國的《楚辭．九歌》出自楚國的祭典。至今民間的迎神賽會還是和扮戲酬神脫不了關係——幾乎各個民族各個社會都如此。《詩經》中的〈頌〉，算是中國最早的戲劇，也是在宗廟中載歌載舞，所謂「美盛德之形容」的詩劇，它的根柢也還是宗教。不過，中國人文化的進程早，戲劇文學很早就離開宗教而獨立了！宋元戲曲中雖還有「神仙道化」一科，但宗教氣氛已轉趨清淡，和同時西方的宗教劇、受難劇相比，顯然是人文化、世俗化得多了，在這一傳統下，中國人不喜歡宗教性太濃厚的戲劇文學，也是理有固然、勢有必至的事。

話雖如此，中國文學和戲劇在走向人文化、世俗化的同時，卻也並沒有走上「爲文學而文學」、「爲藝術而藝術」的另一個極端。中國的人文化世俗化基本上是把宗教熱情轉向倫理道德了！因此在淡化宗教色彩的同時，卻強化了道德教化的功能，所謂「文以載道」，這四個字的提出，最足以說明中國文藝的大走向了！唐宋以降的文人學士，用一個「道」字取代了宗教的至上神，而希望在一切嚴肅的文藝作品中都能夠以表現「道」爲宗旨，比如劉勰《文心雕龍》以「宗經原道」爲開場白，正是最有代表性的告白！

「文以載道」經宋代理學家大力提倡和文學家的大力推廣，終於在中國社會取得不可動搖、不容挑戰的優勢地位！一千多年來主宰著文人的創作心理。雖然也有不少特立獨行之士不滿意它的局限性，但作爲一個文化大傳統，它還是無所不在地籠罩著中國的文藝世界。可以說一直到今天，「文以載道」在許多中國作家的心靈深處仍有其一定的支配作用，特別是對於深具「使命感」的作家，以及虔誠的宗教信徒，「文以載道」更可說是他們的「天命」了！

這回「天藝團契」由名演員名牧師寇紹恩先生所編寫的「舞衣」一劇，基本上就是一部典型的「文以載道」的作品。它雖出於一個基督教團契，但內容上並沒有傳教的痕跡——這，在基督教而言是一大進步！它很平實地說了一個故事——一個成功的紅歌星表面上名利愛情什麼都有了，但事實上卻是虛浮病態、誤人誤己的一連串錯誤，而由於錯誤的愛情害人害己，那表面上的名利、掌聲也都虛幻不實了。而追究其因，主要在於男女主角的生命都陷入一些「惡夢」中沒有能充分成長，太多的「心結」也妨礙了人格的成熟。人性未成長，人格不成熟，自己還不認識自己，也不清楚自己要的是什麼，就這麼東撈西抓，來塡補自己的空虛，滿足自己的夢想。在這樣做的同時，事實上把自己和對方都「非人化」、「非生命化」、「非實存化」了，其結果必然陷入難醒的惡夢和更難解的結！

「舞衣」最後以「悲劇」結尾，作者強烈質疑，世俗所謂「成功」是否只像層層舞衣，其中包裹的只是各人的夢魘？而「如何能夠走出夢魘」，這是全劇的「天問」——全劇以這樣一個大問號結尾，令人印象深刻！但同時也令人鬆了一口氣，幸虧作者沒有「適時」地搬出救主耶穌基督以及一大堆福音八股，如同以往許多熱心過度的基督徒作家所做的那樣，「無言的結局」比「有言的說教」好太多了！「曲終人不見，江上數峯青」，留下一個開放的空間，讓觀眾自己去想，這是美的、也是明智的！

「舞衣」明顯地是「載道」之作，它對人生有批判、有質疑，迫使觀眾去做嚴肅的省思，這種「沈重感」就是「載道」的結果！不過它雖「載道」卻沒有「說教」，沒有蓄意指出一條「道路眞理」，更沒有搬弄任何教條，由於不說教，乃能使作品不流於「宣傳」。過去的基督教戲劇多愛說教，愛「傳福音」，結果未有不流於宣傳的，反而惹人反感，非常可惜！其實，作品寫得好，其中自然就有「道」，寫不好一味傳教，結果往往把「道」蹧蹋了！試看古今中外流傳至今的好作品中有幾篇是赤裸裸地傳教說教的？傳教說教應到教堂去，不必到舞臺上來！舞臺是另外一種「教堂」！

看完「舞衣」，不禁想起古希臘格言「認識你自己」，從夢中醒來認識自己、認識別人、認識那使我們成為我們的——道！由此而有人性之覺醒、人格之成熟，這或許是走出惡夢的一條活路也未可知吧！

〈青年副刊〉・一九九三・十一・十九

抒情性與戲劇性

——讀焦桐《最後的圓舞場》

初見《最後的圓舞場》這個書名，滿以爲它是一本略帶感傷的抒情文集。英國歌星湯姆瓊斯不就有一首走紅全球的歌曲：〈最後的圓舞（華爾滋）〉嗎？加上這本書的封面設計，蛋蜜黃的底色嵌上克利暗紅黑線條，詭異而浪漫的畫面，更使人懷疑它是一本「感傷通俗劇」（melo-drama）式的作品了。

然而，在我印象中，作者焦桐絕不是一個「感傷劇」的作者——多愁善感、廉價眼淚絕不是他的本色。並不粗獷狂野的他，也和那位礦工之子——湯姆瓊斯扯不上任何聯想，《最後的圓舞場》在書名上倒有幾分像《最後的金大班》，但，就我所知於焦桐者，他毫不帶風塵氣、脂粉氣以及歡場裡所「應有」的那股「江湖氣」！這樣分析下來，竟使我對書名與作者之間的「不一致性」，感到些許困惑了。

焦桐給我印象最深的作品，是他的詩集：《咆哮都市》，寫「後現代」的都市，以及都市上班族的生活之種種，眞正反映了這個時代、這個社會！抒情的諷刺，諷刺的抒情，在這一方面，同輩作家中罕有出其右者。傳統詩人和現代詩人儘管在意識型態和文學主張上有著千差萬別，但有一點基本上是一致的，那就是抒情性。傳統詩人和現代詩人基本上都是「抒情詩人」——「抒情性」而非「戲劇性」，乃是中國詩人在氣質上彼此相通的共同點。不可否認的，「抒情性」在過去爲中國詩有過極大的貢獻，幾十年來的「現代詩」、「新詩」的成就主要也建立在「抒情言志」這個「老傳統」上。然而，現代文明、工商社會，根本上就有它非常「不抒情」的一面，這不抒情的一面且成爲「現代化」的一大特質。韋柏(Max Weber)稱「現代化」過程即「理性化」過程，正足以說明「理性化」而非「抒情性」乃是現代文明的基調；在這一個基調上，現代文學，包括詩和散文也都不能不受其深刻的影響。

要表達一個已經高度「理性化」的社會文化，抒情性自不如戲劇性來得有效而「自然」。此所有二十世紀的藝文作品中最有代表性的里程碑幾乎都是「戲劇性」的——史特拉汶斯基的〈春之祭〉、艾略特的〈荒原〉、卡繆的《異鄉人》、畢加索的「格爾尼卡」……，可以說都是戲劇性的，至少，是戲劇性遠大過抒情性的作品。牧歌風的、田園山水的情調業已「邊緣化」，緊張忙碌，矛盾疏離，多元互動的現代工商社會，先天上就帶有「戲劇性」，因此，要如實反映這個戲劇化社會的文藝作品，也非帶有相當的戲劇性不可。

焦桐詩最可貴處就是他很自然地表達了這種「戲劇性」，或許和他學過戲劇的出身有關吧？這種戲劇化的本質和本領，成爲他詩的特色，同樣也呈現在他散文中。《最後的圓舞場》——書不似其名，並非抒情感傷，而是戲劇反諷！但反諷的對象主要是自己，可謂「戲劇化的自嘲」，這，就把握到現代人的本相本質了！比如他寫〈我的房事〉，說選購房子是「僅次於結婚的豪賭」，而，做爲一個有幾分書呆氣的文人，當他拿出研究學問的精神分析資料時，卻愕然發現自己不合時宜了！他說：「全臺灣的趨勢專家都說，這是財富重新分配的年代。但，來不及了，我發現財富早就重新分配過了！」無殼蝸牛的心聲，被他表達得淋漓盡致！

另外，他寫學日文的艱苦〈星期四晚上〉，把外語的教與學寫了成一齣「荒謬劇」，作者一點不諱言自己的挫折。〈摩托車〉一文更似狄西嘉的〈單車失竊記〉，該文正是一篇「摩托受騙記」——笑中帶淚，嘲謔中有嘆息，又令人想到卓別林的一些意境。全書最有深度和深意的應屬〈第四堵牆〉和〈論飢餓〉，前者以演戲的親身經驗觀照人生的虛虛實實——彷彿隔著一堵無形卻有感的牆，但作者並未因此陷入犬儒或虛無，他說：「我想敏感的演員既然飽嘗了悲歡離合，對生命的態度應該更誠實更敬重吧！」在〈論飢餓〉裡，其關懷面更穿過人性直透入民族性，他指出「臺灣也是飢餓症患者，在這虛胖的年代，狂賭大家樂、六合彩、狂飆股市……，都是貧困文化下的飢餓症狀」，作者對人性、社會性乃至民族性都有冷徹的批判，但其批判卻近於卓別林和狄西嘉而遠於魯迅，或許正由於他原有詩人溫柔敦厚的氣質，和演員自娛娛人的本領所致吧！

〈青年副刊〉·一九九三·八·二十

夢的攝影機

——評路寒袖小詩集

中國是個詩的民族，所謂「詩禮傳家」，這雖然是古代的傳統了，在今天，詩和禮早已不成「正統」。在文壇上，小說儼然被視爲主流，在社會上，一般人也不再講究禮，甚至連「禮」爲何物也一併不知了！因此，在今天，無論談詩談禮，都不免給人不合時宜之感吧？然而，在一個現代多元化社會裡，「傳」而不「統」是很平常的事，儘管詩已非正統或主流，但寫詩的人仍多，好的詩也並不少。詩的血脈在「傳而不統」的情況下，還是不絕如縷，有其可觀的！

五四新文學運動以後，古詩全面沒落，八十年後的今天能寫好一首工整的律詩或雄渾的古風的人已經寥寥。但唯有短小的「絕句」，仍不斷受到歡迎。從孩童的欣賞、學生的習作，到同好的唱和，絕句依然大有「市場」。因此過去我常說「絕句不絕」，其所以不絕，祕訣就在於它「短」！短小精悍，利如匕首，迅如流星的小詩，其姿彩確實很「絕」，對於繁忙的現代人，這種富於機趣的「絕句」，遂成爲大家的「最愛」！

新文學運動以來，古典的絕句固然不絕，新體的小詩也應運而生，小詩大致經過兩個高潮，一次是五四運動後不久，由泰戈爾的小詩所掀起的短詩熱，一時小詩滿天飛，到處都是泰戈爾〈漂鳥〉之變種！再一次是波斯詩人奧瑪開儼的《魯拜集》（又譯作《狂酒敬》），在臺灣六〇年代以降「小眾文化」圈裡也蔚爲風潮。這本詩集此間至少有三種以上的譯本，每本都暢銷！它的魅力始終不減，甚至有超越泰戈爾之勢，而事實上，奧瑪開儼的小詩確比泰戈爾的高明得多。喜歡泰戈爾的多半是「文藝青年」、「半票讀者」，能欣賞開儼的卻多半是「高額讀者」，專業詩人了！

臺灣這一年多來「忽然」又興起寫短詩的風氣，這些短詩多半以彩繪的「筆記書」形式印出，頗得青春少女的歡心！因此熱鬧有餘，深度不足，繽紛如二月花，來得快也去得疾，可以傳世的作品尚未多見！最近我的朋友路寒袖先生也出版了一本小詩集——有詩有圖，乍看疑似「筆記書」，但一觀其內容卻嚴肅多了，是純正的文學作品，不是討喜討巧的「筆記書」。在〈後記〉中他自承：早年就是受了奧瑪開儼的影響，所以有此一段「文學因緣」。十四年來，他精挑細選出四十七首最有代表性的作品，並且敦請畫家邱元昌先生精心配圖，一詩一圖，相互輝映，眞如書名《夢的攝影機》，把詩人十四年來的幽微心影、前塵往事，以最「蒙太奇」的手法，像「攝影存證」般地留存下來了！

因此，可以說，這本《夢的攝影機》就是詩人往昔之「生活底片」，由沈黑的詩情所沖洗出來的快照！在內容上，記下了他的教書、當兵、上班以及一些戀愛回憶。有些許「都市戀歌」之意味，也頗有點「藍調」低徊的韻致！比如他把〈舊愛〉寫成一枚「蛀齒」，「熱則酸，冷則痛」，最後只好狠下心腸換一顆「新而無瑕的假牙」！他又在〈面具〉中說，每夜對著鏡子「考慮明天是否該換一副新的面具！」他寫〈公寓〉裡的房客，「白天工作，晚上睡覺！不想回鄉，不會抱怨，他們都在等待，等待存夠一筆錢！」而最可悲的是〈現實〉，他寫道：「（現實）是一道巨大的閘門，年少的理想奔騰至此，全都阻滯難行。有的隨渦沈淪，部分漂浮發臭，滲滴而過的是，子夜驚醒的淚水！」這些感受人人都有，但唯有詩人能妙而言之！

但做過「爲人師表」的詩人不甘向「現實」完全投降，他在〈誰是板擦〉中說：「誰來做人世間的板擦？以拭淨，一切的不義與不公！」這，仍是令人動容的豪情壯志！詩人出身農村，是大自然天生的知音，集中最末有不少優美哀婉的「自然詩」。比如〈讓天去亮吧〉，他說：「讓天去亮吧！讓山一座一座的醒來。而我已走過太多的黑暗！要睡了，睡進無聲的湖底。水中的倒影將是我一觸即碎的夢，因爲，山不想飛，雲不會停！」這，可能是本書裡自傳味最完整、鄉愁味也最濃郁的一首了！彷彿詩人心靈之自畫像，細味再三，眞是令人一吟三嘆，難以爲懷！

小詩不小，絕句不絕，路寒袖的《夢的攝影機》讓我們看到小詩反而有最大的天空，「絕句」是最不絕的絕唱。所謂「小兵立大功」，詩人已爲我們又開了一條路，這條路上未來行人必多，詩人，不會寂寞的！

〈青年副刊〉・一九九三・四・三十

素心人的素心事

——讀路寒袖的《憂鬱三千公尺》

「鄉土文學」本是一個美好的名詞，可惜因著意識型態的糾葛而成了一個有色彩、有爭議的名詞。其實翻開中外文學史，在工業革命以前，佔據文學史最大篇幅的可以說就屬「鄉土文學」了——牧歌、田園詩、山水詩、遊記、小品……這些或多或少都帶有些「鄉土」的風味，都可以稱爲廣義的「鄉土文學」。鄉土文學本是農業社會的產物，也是大自然的產兒，人類只要一天離不開自然和農田，鄉土文學就不愁沒有它的來源和它的市場！從這個廣義的角度來看，《詩經》自然是一種鄉土文學，而且是很典型的鄉土文學，由於這種典型性和原型性，以後兩千年的中國文學基本上都帶著鄉土文學的印記。我常以爲，西方文學的原型是牧歌，其基本角色是牧人。而中國文學的原型是田園詩，基本角色是農人。田園山水是中國文學的背景，田家野老是中國文學家的基本性情。魯迅說「看中國書使人靜下來」，因爲田園山水本來就是人類身心的故鄉，人回到精神的故鄉，沒有不感到解脫和安息的！

「昔欲居南村，非爲卜其宅，聞多素心人，樂與數晨夕！」這是陶淵明詠農村的句子，農村的可愛固然在田園山水之間，但最要緊的還是那些心地淳樸的「素心人」：這些素心人在工業化、都市化的過程中都迅速流失了！當鄉土文學本身被當作一種意識型態的鬥爭工具，則這些「素心人」更是被利用被蹧蹋了！這不但是鄉土文學的不幸，也是文學的大不幸，文學，畢竟離不開一顆素心，一片心中的山水！鄉土文學論戰以後的這些年間，道地的鄉土文學少了，不夾帶意識型態訴求的作品更少了，近來有所謂「文學死亡論」云云，會不會和文學鄉土的瀕臨死亡有關？

在泛濫成災的世紀末（美其名曰「後現代」）都市文學中，偶爾看到一本鄉土之作，正不啻空谷足音，令人耳目一新！近讀詩人路寒袖先生的《憂鬱三千公尺》，驚喜之情至今未已！詩人寫散文，散文也成了詩，而整本書基本上正是一篇篇的田園詩、山水詩、散文詩……它是由一個素心人所寫出來的許多素心事，他把我們久已喪失了的文學鄉土又還給我們！這裡面有對自然的謳歌、對大地的虔敬、對農村的禮讚、對古風的詠嘆、對純樸人性的執著，而絕沒有意識型態的汚染和科技神話的泛濫，質言之，在作者筆之，眞做到了「對存有的守護」，喚醒了我們長久以來對存有的遺忘……

作者在〈吃飯的心情〉中回憶他童年被教導，被嚴格要求每飯必須把飯粒菜屑統統吃光，因爲這是「對飯食的虔敬，對農人辛勞的感恩」這種存乎一飲一啄永世不渝的虔摯，只恐怕已然失傳……在〈人生臭豆腐〉中，他寫一個只有小學程度的朋友「阿培」，放棄到大都市發展的機會，寧願賣臭豆腐爲老父還賭債，他的人生哲學是：「人家說尪仔某是相欠債，我看爸仔子也同樣——人生跟臭豆腐差不多」，阿培絕非聖人，而是「癟三」，但他這「有怨無悔」的人生觀，卻是令絕大多數人慚愧！

由純樸人性、生活歷練所得來的人生哲學，這種「素人智慧」出沒在每一篇的字裡行間，每每發人深省，眞如暮鼓晨鐘。比如在〈守候彎潭的燈〉中，他描寫在新店溪上擺渡的一對老夫婦，有一次幫助久不能靠岸的作者搖櫓說：「凡是轉彎的地方都危險，不論陸地或水上。」這眞是悟道之談，一部人類歷史足以作他的注腳！然而老人感覺自己老了，溪水好像也隨他老了，他擔心過世之後，溪流是否也要消匿……作者不禁感嘆：「他該是彎潭最後守護者，但面對這無垠的暗夜，他到底能燃燒多久？」

其實作者身爲從山水裡赤腳走出來的大孩子，他自已就有一顆「守護者」的素心，他哀悼野薑花的被侵奪、被摧殘，激憤地寫下「原來花是不該有國土的，除非人類全部消逝！」

他尊重鳥兒的「尊嚴」，而摒除了以人爲本位觀察鳥類的企圖。他說：「其實鳥有鳥的生活，只要人類不去捕殺迫害，牠們那裡需要人類的什麼鳥同情心呢！」這才是眞正「民胞物與」，「尊重生命」的胸懷！邵雍所謂「以物觀物」不「以人觀物」；海德格所謂「詩是存有的守護者」，獨立在海拔三千公尺的憂鬱之上，作者屹然不惑地展現了這種高風！

〈青年副刊〉・一九九二・十二・四

法律常識入門書

——讀唐潤鈿著《生活法律故事》

中國傳統上是一個以禮教宗法來維繫社會的國家，禮教宗法所講究的是主觀的人情和關係，因此對客觀的「法」的觀念自古就很淡薄。在意識型態方面，由於「獨尊儒術」，儒家崇尚德治，相對地把律法看作是技術性的、第二義的「必要之惡」，事實上也未給予應有的重視。儒家之外，道家思想也發揮極大的調和作用，而道家主張「無爲」，對「法」更不看重。至於在朝廷之上，大內之中，皇室所「私淑」的法家刑名思想，也只是一套帝王「統御術」，談不上「法治」。數千年來吾國以「陽儒陰法」治天下，又雜之佛老以安人心，加之以根深柢固、無所不在的宗法制度，遂使得「法治」思想與制度完全無法在中土生根。寖假久之，一般傳統中國人幾不知法治爲何物。海峽兩岸如今都在高喊「現代化」，然而兩岸的「現代化」都「化」不開，而呈現了史家陳寅恪所謂「不今不古之世，非驢非馬之國」，箇中原因固然複雜多端，但法治精神之闕如應是其中癥結之一。

反觀西方文化，不論是希臘的思辨傳統、羅馬的法制傳統、希伯萊的信仰傳統，以及近代的科學技術傳統，其中都有一個「法」字貫穿其間。思辨以邏輯爲本，自然是講究法則的，故而柏拉圖學苑規定「不諳幾何學者莫入我門」。而希臘爲民主之濫觴，其議會、法院固早有法治之傳統。至於羅馬，其所長即在於政治制度、政府組織及法律規範，由此乃能摶合各邦成一帝國。「羅馬法」精密嚴謹，公正合理，兩千年來培成了西方各國守法的習慣，甚至成爲天主教會組織之張本，影響及於世出世法，可謂廣大深遠。希伯萊宗教，以新舊約《聖經》爲本之「猶太—基督」信仰，則天人立約，法版立信，律法與誡命，爲上帝與基督所親授，至尊無上，凜不可犯。西方人自出生、結婚至於老死，無往而不在教會規章、《聖經》誡命、上帝律法之下，其「守法」不但成爲習慣，且已內化爲人格之重要成分，可謂淪肌浹髓，殆乎第二天性！近世科學昌明、科技飛躍，自然律正所以顯其全體大用，故法之精神更隨科技之起飛而益彰顯。而民主政治重法治、工商社會重契約，現代文明由本至末，由體到用，可以說無處不見一「法」字爲之張本、爲之機軸、爲之貫穿、爲之神髓。捨去「法」字不但不足以言現代化，且西方文明傳統之精華亦將喪失殆盡，而無所分別於東方文化矣！

由中西文明之比較，即可明瞭何以東方國家，包括我國其現代化工程曠日彌久，淹忽無成之癥結所在——法治精神之缺乏確爲東方人之通病也！以國人而論，守法精神不但一般民眾如痴如盲，即在黨政高層人士眞能知法守法者亦不多見。年來政爭尤暴露出以私害公，以法徇情，或以個人意志凌駕憲法之上，或仗勢取巧繞過體制行事，或運用社會上非理性之情結以遂個人權欲之私，或利用官場「馬屁文化」以名位酬庸而破壞制度化與程序化之民主精神……凡此種種，均是高置個人、少數意志於法律之上，爲一時之方便與利益而踐踏法律尊嚴於腳下，上焉者玩法，下焉者自不甘於守法。朝野一體玩法弄權，如何能期待社會大眾尊法、守法？

近讀唐潤鈿女士所著《生活法律故事》，其中涉及憲法、制度、民主、政黨之大經大法，令人感慨於國事之亂非無因也！而作者透過個人日常生活與人群社會生活之具體細節以彰顯法治精神、灌輸法律常識之苦心孤詣，更足以彌補當前法律教育之不足！如此生活化、故事化、常識化的寫法正是社會大眾所最需要的入門書。它配合了當前眾所矚目的時事以爲說明，更收深切著明、引人入勝之效。

筆者個人在大專院校任教逾十年，朝夕與青年學子及教師、行政人員相處，最深的感觸即在於不分老幼師生，均一體缺乏「公共精神」與「法律概念」！四十年來不重民主法治教育的結果便是今日政壇與社會上這種種亂象！試觀西方數千年由哲學、宗教、制度、科技……各方各國、種種因緣際會所累積凝聚以成之智慧結晶——法的精神（孟德斯鳩簡稱爲「法意」者），殊非旦夕可以速成。東方國家仍需自法律常識ABC開始學步，則唐女士此書正足爲箇中之代表作也！

〈青年副刊〉・一九九三・三・十六

倚杖聽江聲

——從存在主義看東坡詞

在文學的諸多體裁中，詩是最早出現的形式，也具有最精微的精神。因此在先民眼中，詩，多少是帶有神祕性質的存在，詩人也多少是一種神祕性的人物。在希伯萊文中，詩人與先知同義；在希臘文中，詩人與造物者相近，他被稱爲「見者」（The Seer），一個可以洞察萬象眞機的見者。在上古社會，「神諭」也者例以詩歌形式出現，東西雙方略無例外，凡此足證先民視詩歌爲「不同凡響」之存在。

從希臘哲人如蘇格拉底、柏拉圖等諸子開始，詩人就被認爲具有所謂「神聖的瘋狂」，當靈感來時，每能說出預言。而這種「預言」，據史家希索德（Hesiad）說，有時更能給人「眞知」。所謂「眞知灼見」、「洞察天機」，先民看詩正是這麼一種神奇的語言。希臘人自古相信天地間有「道」（Logos）的存在，道是理則也是語言，它決定了萬有存在的條件。

詩人掌握了語言的奧祕，因此也最能夠參透存有的奧祕。在畢達格拉斯學派和奧菲斯神祕主義中，更強調詩人深刻的聆聽的能力，當蘇格拉底身繫獄中，每言神明要他創作音樂，令他惶然不解。或許音樂、詩歌比哲學更深入存有本身，更切近哲人畢生所要追求的眞理或「道」？

詩，作爲最早出現的藝文形式，它的「神聖性」，今人不容易理解，但是它出現之早，或許可以說明它是人類「前意識」的一種表現，而散文，作爲意識界的表現，自然是瞠乎其後了。正因爲它出自前意識，所以詩能「洞燭機先」，甚至「洩露天機」，因爲它還處在存有之主客未全分隔狀態。易言之，詩與存有之間比較「不隔」，詩的境界自然就比較超脫、深遠。詩人在意識之前看見，也在意識之前聽見，他藉由對語言的敏銳感應，比常人更能諦聽「道」的聲音，因此詩人在靈感充沛的精神狀態下，可以是存有最透徹的「見者」和「聽者」。而一般人渾噩度日，在目迷五色、耳迷五音之餘，對於存有本身，早已視而不見、聽而不聞了！詩之可貴，就在於喚醒人於沈迷與失喪之中，所謂「眾醉獨醒」，這種醒，乃是對存有的「道」的覺醒。

中國的詩詞由於人文胎息厚，比較少見西方式的神祕感和神聖感，然而詩詞本質相通，在中國的詩詞裡同樣也可以遇到這種深刻的境界。蘇東坡有一首〈臨江仙〉就是最好的例證，他是這麼寫的：

> 夜飲東坡醒復醉，歸來彷彿三更。家童鼻息已雷鳴，敲門都不應，倚杖聽江聲。長恨此身非我有，何時忘卻營營？夜闌風靜縠紋平，小舟從此逝，江海寄餘生。

這首小詞很容易懂，它寫東坡某夜醉飲歸來，由於夜已深敲不開門，只得拄杖聽江。然而在聆聽之際，他體會到人生如幻，不過天地之委形，一切汲汲營營，都是捕風捉影。倒不如放下一切，飄然遠逝，逍遙自在，了此餘生……。這種「出世遠行」的情懷，許多人都曾有過，不足爲奇。值得注意的是，整首詞彷彿在寫一種深遠的覺醒歷程，生死無明，如趕夜路，醒而復醉，乃有種種顛倒與沈溺，而惟有在他敲不開世俗之門的時候，存有本身才向他敞開，他也才能收視返聽，專心諦聽存有之大流——所謂「倚杖聽江聲」，到此心凝形釋，與道爲一。這時他才覺醒過來，悟到此身此心皆非眞我，而破假歸眞才能達到眞正的平靜和自由。

〈臨江仙〉在東坡詞中不是最負盛名的一首，它的氣勢不如〈大江東去〉，雋永不如〈水調歌頭〉，然而它的深度卻是餘作所不及的，在詞曲中實屬罕見。短短小篇中寫出人生的醉與醒、迷與悟、通與塞、膠著與超脫，眞是一篇「尺幅千里」的大文字！特別是詞中的「敲門都不應」、「倚杖聽江聲」，都逼似現代文學所標榜的實存境界。它像沙特筆下〈關上的門〉，寫出一種孤絕。但他筆勢一轉，倚杖聽江，又彷彿海德格之〈傾聽存有〉。而「江海餘生」，又神似馬塞爾之〈走向永恆的旅人〉。從無常的關閉到無限的開放，也正是耶教所謂「人的盡頭，神的開頭」之意。海德格說詩可以使人在基本存在上連結起來，在那裡他得到休憩——不是假寐，而是無限的休憩，一切生機仍活動著的大休憩，此所以爲臨江之「仙」歟？

〈青年副刊〉・一九九二・十・十六

〈水調歌頭〉說中秋

在中國眾多的節令裡，中秋是最具有代表性的了！蓋其他的節日，如上元、端午、七夕、重陽等，都有它意義上的局限性，惟獨中秋最能表現中國文化整體的特色，最能表露中國人共有的心理，最能說明中國人至美的夢想、最深的期待。也可以說，從中秋節最可以看出中國的民族性，因此，如果說聖誕節最足以代表西方，中秋節無疑就是中國節日之代表了！

中秋賞月，吃月餅，在月下、在餅中一家人團圓，這，就是傳統中秋最令人神往的地方了！爲什麼賞月？月在中國是道體的象徵，它陰晴圓缺，變化無常，但它往復循環，周而復始，變中又有不變！一部《易經》很可能就是從月亮神話中變生出來的玄理。對月的崇拜，在古東方是十分普遍的，中國應該也不例外。月餅象徵月亮，是「可以吃的月亮」，表示形上道體之落實於形下人間，一邊賞月一邊吃餅，不啻就是一種具體而微的「天人合一」了！

月到中秋分外明，宇宙道體本是光明聖潔、圓滿無缺的，「人間」作爲「天上」的反映，也應該是人我一體、圓滿和諧的，因此家人團聚，親友暢敍，老少咸集、雍熙一堂，「生命的巨鍊」再度組合爲一！中秋月是天上的至善，人團圓是人間的至福，這種人與天、人與人的「合一」，不僅是中國人嚮往的，也是全人類的夢想，只不過富於詩情的中國人把它表現在中秋月下，就格外動人了！

「但願人長久，千里共嬋娟」，古今寫中秋的詞，沒有比東坡這首〈水調歌頭〉更好的了！《苕溪漁隱詩話》上說：「中秋詞自東坡〈水調歌頭〉一出，餘詞盡廢！」眞是一點不假，絕非過譽，他唱出了千古中國人的心聲，餘詞不能不廢！從開始劈頭一句：「明月幾時有」，便是橫絕太空之句，天地悠悠之感豈不是人盡有之？繼則曰：「天上宮闕，今夕是何年？」人感極而思天，此所以爲萬物之靈、五行之秀，人，無論淪落到何等地步，天良中終不能忘盡他生命所出的天上！這是天地至情，惟人得之！再曰：「我欲乘風歸去，又恐瓊樓玉宇，高處不勝寒」，宋神宗看到這一句，爲之感嘆，說：「蘇軾終是愛君」。實則這兩句表現了「天上人間」的矛盾，而情深義重的東坡還是選擇了人間，這眞是他的忠厚處。「轉朱閣、低綺戶、照無眠」，則一咏三嘆地道出一個多情人的憨痴之態，誰能不爲之感動？然而豁達灑脫的他卻一轉又悟出：「不應有恨……」這就跳出感傷濫情的幼稚病了。再接著說：「人有悲歡離合，月有陰晴圓缺，此事古難全」，千古感慨，一語道破，此種筆力如畫中大斧劈，寄悲涼於灑脫，化惆悵於曠達，自然而然，渾然天成。最後道出「但願人長久，千里共嬋娟」，則以人間至情彌補了世間缺憾，至情至性，已臻化境！整首詞，忽而天、忽而地、俄而仙、俄而人，有性情、有人格、有智慧、有境界、有氣象，譬如書法中的〈蘭亭序〉，眞是可遇而不可求的神品！

〈水調歌頭〉最感動人的，在於他點出了——天上地下，蒼茫宇宙間，「愛」是最後的眞實！是愛也，平了一切的不平，安了一切的不安！捨了愛，人生是不能有意義的！不論是何等的成功成名，何等的富貴利達，沒有愛，一切到頭都是空虛！反之，即使窮困潦倒，一事無成，有了滿足的愛，也是幸福！東坡在困頓流離中有此一悟，眞是道破了人生的眞諦，也安慰了普天下的苦人。

西方人寫月的詩也多，如葉慈以月代表人生各階段的變化與超昇，艾略特以月表示大記憶之整合，狄倫湯瑪斯以月代表大自然孕育之力，羅卡以月表示不可抗拒的命運之勾……玄學詩人則以之喻「野性的呼喚」……相較之下，西方人的月不如中國人的月一往情深，溫柔敦厚，可以說西方月偏於「智者」，中國月偏於「仁者」，不過渴望天人合一、人間團圓的心願是一樣的。然而，西方人在基督教信仰下，相信人有原罪，非除掉罪得重生，否則光靠血氣自然之不純的愛是不可能眞合一的。合一有賴於天人復合與生命的改變，非藉著耶穌贖罪的寶血拆除罪所造成的天人隔閡，無法有天上人間眞正的大團圓。且看九世同居要靠百忍維持而終不能持久，分隔在兩岸三邊不能團圓的中國人是否也能有所省思？

〈青年副刊〉・一九九二・九・十一

天倫與人倫

——「報恩亭」觀後

電視劇「包青天」日前播出「報恩亭」，演出不孝子忘恩負義，不但有虧孝道，並且恩將仇報，最後終遭天雷殛死的故事。老戲新編，雖是大同小異，然而在現代聲光科技處理下，天打雷劈的效果確實是比較生動逼真，令人毛髮悚然，不寒而慄！目擊電光閃閃，雷電交加，大劈活人的鏡頭，是古代戲臺上所無法演出的。正如「法櫃奇兵」最後火燒活屍，迅速焚化成骷髏一般，警世的效果，格外突出！

天打雷劈，以警不孝，這是許多老戲裡面都有的劇情，「打龍袍」裡的「觀燈」一折——「天雷打死張繼保」，應是最有名的一齣。另外，在「雷打十惡」、「五雷報」等戲中也都有天打雷劈的恐怖鏡頭。而在傳統中國戲曲中，「雷劈」主要是對「不孝」的天譴，足見在中國傳統倫理道德中，孝道確實最受看重，因此對於不孝的懲戒也最嚴厲。在西方的古典戲劇中，天雷也被視爲是上天最厲害的武器，但卻未見其對不孝子施以雷殛。在古希臘劇中，它是用來懲罰反叛天神宙斯的英雄——普羅美修斯用的「終極武器」。而在《舊約聖經》裡，閃電雷轟則見於西乃山上，上帝頒佈「十誡」之時，此所以「法櫃奇兵」以摩西約櫃具有無比電光神力之故！電影「十誡」中甚至以雷電表示上帝之手指，或書法版，或殛金牛，或誅不敬……總之，在西方文學傳統中，天雷同樣被視爲上天最高權威之象徵。然而，中國以雷殛誅不孝，西方則以雷殛誅逆天，換言之，在中國以不孝爲第一大罪，在西方則以逆天爲萬惡之首，由此也可以看出兩種文化旨趣之不同。

其實，在西方傳統中，不孝也是大罪。摩西十誡中明定「孝順父母」爲人倫之第一大誡，絕對在其他人際關係之上，足見對「孝道」之重視，乃是上古文明之通義。《聖經》教孝之處比比皆是——男中的約瑟、女中的路得都是孝道的千秋模範。不過在「孝親」之上，「十誡」猶有「敬天」一義更爲崇重，在天的至高權威下，孝道一方面受到保障，一方面也不致過分膨脹，照著天理行孝，自不會產生「愚孝」之流弊，也不會因爲「移孝作忠」而產生「愚忠」的問題。親權與王權不致於過分壓迫人，「十誡」的規定確實發生深遠的作用。今天西方社會比較自由民主重人權，這是主因之一。

中國文化自「獨尊儒術」以後，愈來愈走向人本的路子，「天道遠，人道邇」的思想，逐漸使「天」成了一個「虛位元首」。及至「天理」一出，上帝更遭「架空」。在「天意」不明的情況下，自然特重人倫，人倫中尤重孝道，這，本來是對的。「十誡」中以孝爲人倫之首，《聖經》且明言：「孝敬父母使你得福，在世長壽」，這是第一條帶應許的誡命，旨在鼓勵世人行孝，故上帝親自「作保」，亟言孝行之蒙福可貴！中國人能有幾千年悠久的歷史，屢仆屢起，死而不僵，正是「行孝得福」之一大見證！可謂舉世無匹。可以說，中華民族正是爲見證孝道而生存於世的一大民族。孝，正是中國人存在於天地間的主要理由！在這一點上，其他民族是不能比的。由孝道所衍生出之一種厚道的文化，其所以博大悠久是有道理的！

不過，缺了「天」的這一疏導與節制，「孝」被神聖化、絕對化，而衍生了家族主義封建思想和威權政治，卻是大大妨礙了中國文化的開展與進步，特別在跨入現代化時成了最大的內在障礙之一。現代化的基調就是理性化、客觀化，必須有超乎血緣私情以上的信念才足以跨越，在這一點上，基督新教做得最成功，天主教次之，而東方諸國陷於血統主義，要突破就十分不容易。

然而，新教國家，又特別是清教徒社會，重「天倫」而輕「人倫」，在現代化理性化過程中流失了人情，成爲一個不近人情的社會——疏離、孤絕，人之異化由此而來，轉而成爲現代文化之一大問題，與中國傳統之重「人倫」輕「天倫」恰成一大對比。看來如何在「天人之際」保持一個動態的平衡，眞是今日東西文化的一大課題！當西方漸漸失去了天倫，東方漸漸遠離了人倫，這一課題就更加迫切而嚴肅了！

〈青年副刊〉・一九九三・六・十八

談文學

散文之道

——散者文之、文者散之

在古今中外的各種文類中，散文是易寫而難工的一種。散文似乎人人能寫、事事能寫，從小學生的作文，到每一天的日記，大體上都算是一種「散文」。而每天報刊上的新聞，廣告上的詞句，也多半都以散文寫成。散文以這樣遮天蓋地之勢佔有了文字王國的絕大部分的領土，特別是在這個資訊時代裡更是無所不在地與你我長相左右。浸淫久之，不免給人一個錯覺，那就是以爲散文易讀易寫，甚至以爲只要稍下工夫，就可以成爲一個散文家了。

其實，散文之易只是表面上的，散文之難才是它骨子裡的。和其他文類比較，首先在「自我的認同」（Self-identity）上，散文就難得多！詩歌，有意象、節奏、韻律可以作爲它的特質。小說，有人物、情節、故事可爲構架。戲劇，主要是角色、動作和劇情……這些條件，很容易構成它們的特質。但是提到散文，卻很難「規定」出它的要件，描述出它的特質，界定出它的涵義。對於「散文是什麼？」或「散文應該是什麼？」這些問題，的確不容易有一個簡單直接的答案，至少，在「形式因」上，它不像詩、小說、戲劇那樣顯而易見，一目瞭然。

散文也需要有意象、韻律、節奏，如詩。也可以有較簡單的人物、角色、情節……如小說和戲劇。但散文畢竟是散文，不是詩、小說、戲劇，若勉強給散文下一個定義，或許可以說：散文就是將「散」在天下的萬事加以「文」之的一種文字藝術吧！而這個「文之」的方式又要越「散」越好，此之謂「散文」！如果這個定義勉強可以成立，則明眼人立刻可以看出，散文有兩大特質：它既要「散」又要「文」，使「散者」文，使「文者」散，這是散文的特質。萬物無不散在天下，因此散文的內涵義極廣包的。使散者「文之」，則一切可以「文之」的手法，散文無不可採用，因此它的技巧也是極廣備的。這兩個特質加起來正是散文之本質，即，散文是極具綜合性和辯證性的一種文字藝術，此之謂「散者文之，文者散之」！

以論語言，散文的語言不如詩之緊湊，但比小說矜持。基本上，它是一種「談話的藝術」，詩如歌唱，小說是刻畫，散文則是「談話」，它係心靈的獨白，或虛擬的對話，基本上是一種「內在的交談」，有一種談話之意味和風趣的，這是典型散文的語言。如魏晉人物之短簡、明清的小品，近代的周作人、林語堂他們的散文，多有這種風味。

以言技法，散文也需要詩的意境、象徵，甚至韻律感、音樂性。古今散文家多出於詩人並非無故的，唐之韓柳、宋之歐蘇，近代的徐志摩、余光中，他們的散文「漂亮」，正因爲在他們文中有詩情畫意有催眠的韻律所致。另外，散文也需要小說的技法：敍事性和生活感。近代散文家多出於小說家，亦非偶然。魯迅、錢鍾書、芥川龍之介、三浦綾子……他們的「人間情味」、「家常風味」，爲散文所不可缺。總之，詩提供了「文」，小說提供了「散」——散文者恰恰介乎其間！

再說散文的深度，則包含更廣。它一方面固然來自人生的閱歷和世態的觀察，這些「一手資料」。另外也需借重各種人文或社會，乃至自然科學的配合。可以說，在諸文類中，散文是最富於智性的，這不是說它應該掉弄書袋，而是說它應化爲常識深入淺出。哲學使人有打破沙鍋問到底的智慧，史學使人有綜覽古今、鑑往知來的眼界，社會學有助於了解人群互動的法則，心理學有助於深入細膩地了解人性，這些形成作家的「支援意識」，下筆自然透徹深沈，不致流於膚淺。哲學家如老莊、尼采、羅素……，史家如兩司馬、吉朋，都是最好的範例。

散文的意境除了包含了詩、小說、戲劇以外，更要參酌其他各類藝術：散文需要畫家的眼睛、雕塑家的觸感、音樂家的耳朵、攝影家的鏡頭感、建築家的結構感，甚至還要有美食家的好嗅覺。這樣，才能把「散」在天下的萬事萬物「文」化起來，只有九繆斯通力合作，才能成就散文的「全體大用」！

散文在諸文類中既是最易寫又是最難工的，在於它要使一切「散」去的再「文」起來，而又不失其「散」趣，因此它需要最多的知性和感性、理性與經驗，它透過「內在的交談」，呈現出既散又文的趣味，正是「一陰一陽之謂道」，這種既綜合又辯證的趣味，正就是「散文之道」！

〈青年副刊〉・一九九三・七・二

文學的主觀與客觀

王國維在《人間詞話》中曾把詩人分成「主觀」和「客觀」的兩種，他說：「客觀之詩人不可不多閱世，閱世愈深則材料愈豐富愈變化，《水滸傳》、《紅樓夢》之作者是也。主觀之詩人不必多閱世，閱世愈淺則性情愈眞，李後主是也。」其實他所說的《水滸》、《紅樓》是小說，因此在這裡，王國維並未說出客觀的詩人是誰，而事實上，小說裡也有主觀與客觀之分。

一篇小說或一部小說是否堪稱偉大作品，客觀不客觀是一個重要的試金石。所謂客觀的小說，在於作者能夠曠觀玄覽、面面俱到，眼光不受個人選擇性的局限，而能做全方位的觀照，阿諾德（M. Arnald）所謂：「觀照人生，並觀其全豹」，正是這個意思。至於主觀小說，往往觀點只能局限一隅，受作者個人愛惡和氣質的局限，而只能看見事態之一面，甚至以偏概全，暴露了極大的盲點。主觀小說也可以有優秀、優美之作品，如《茵夢湖》、《簡愛》、《我愛黑眼珠》、《看海的日子》……這些作品以其濃烈的感情、優美的筆法，達到如詩一般的境界，而經常是膾炙人口，傳誦不衰的絕作，站在純美學、純技巧的角度，它們也確然有其不朽的價值。然而也往往正因爲感情過於濃烈、文筆過於優美，反而形成主觀性和催眠性，大大影響了表達和接受上的客觀性與全面性，以致只能優秀、優美，反因此喪失了偉大之可能。

人，本來就是主觀的，有他個人氣質、性格、經驗、學歷、先天後天的各種限制，因此絕對客觀的文學是沒有的，比較相對的不主觀就算是客觀了。不過，一個作者若能自覺於個人的主觀限制，而盡力不沈溺其中，保持一定對自我的批判檢驗懷疑的態度，其作品的客觀性自然就提高了。同一個作家往往也有迥然不同的作品，比如以歌德而言，他早年的《少年維特的煩惱》，就是非常主觀的作品，晚年完成的《浮士德》就客觀得多。而即以《浮士德》而論，其中的第二部又遠比第一部爲客觀，這是歌德自己也承認的，他在《對話錄》中亦頗以此自喜。何以同一人、同一書竟會有如此差別？年齡、閱歷、學識、時代等等的變化與演進都有關係，從主客觀之別，也可以看出一個作者或讀者有沒有進步。

日本近代作家芥川龍之介的名著《羅生門》（其實是該集中的〈竹藪中〉），最能夠簡明地說明何謂「客觀小說」。〈竹藪中〉的故事很單純，就是敍述一對夫妻山中遇盜，夫死妻辱，最後大盜落網，對簿公堂的經過。然而一件事情，大盜、丈夫、妻子、樵夫各人的供詞都各自不同。大盜說那個做丈夫的是和他決鬥落敗而死。做丈夫的卻說他爲了尊嚴而自殺的，妻子卻說是爲了貞節，先殺夫而後自殺，只不過她僥倖沒死……各人的說詞不同，而事實的眞相終不能知。每個人的說詞基本上都在求自保，或保命，或保尊嚴，而每個人的價值觀也迥異，更影響了他們的判斷。由這種多重觀點交織成的小說，自然免除了主觀、獨斷和浪漫感傷、一廂情願這些缺點。

然而，甚至連芥川在這篇名作中也未能免於「主觀」。他雖然顧全了個人的觀點、利害不同，但各人的不同中有一個相同之處，就是每個人都異常自私自利，自我中心，完全不見人性的光輝，這，就是芥川個人厭世的「意識型態」所造成的偏見了，這種人性觀發展下去，要不自殺也難。人，固然是「罪人」，但也有「上帝的形象」，誠如路德所言，他是「完全的罪人」，也是「完全的聖人」。這種善與惡、聖與俗的兩面性、複雜性，芥川未能兼顧，這使他的「客觀」變成一種「多元」，而這「多元」仍在他偏見之「一元」的制約下，而芥川本人仍是才子氣重的文人，和「大師」還有一段相當距離。

然而，如《少年維特的煩惱》、《簡愛》、《茵夢湖》這些作品只能從主人翁個人的偏狹觀感出發，完全看不見對方的或相反立場的感受和觀點，它的熱情、「純情」可能極其感人，但冷靜想想，畢竟是一種盲點極大的、極具「自我中心」的感情，不但不成熟，而且不健全。當歌德說「古典健康，浪漫病態」的時候，他所想到的恐怕就是這一類過於主觀的病態作品。

我們需要「懺悔文學」

「懺悔文學」(或曰「告白文學」)在西方文學史上是一個重要的主題，但是在中國文學史卻沒受到對等的重視。直到最近幾年，特別是在文化大革命以後，大陸上的知識分子和文藝作家在痛定思痛之餘，才開始嚴肅地面對這個主題，認眞地探討這個主題。其中最突出的係劉曉波、劉再復、林崗等人，都先後作出了深入的探討，這些文字出現在「六四」之後，更是顯得意味深長。

中國欠缺「懺悔文學」、「告白文學」主要是因爲我們基本上是一個人文主義的社會，比較缺乏天人之間的緊張感。而所謂「懺悔」也好、「告白」也好，原都是自感有罪的人對上帝的一種自剖，一種在神面前的認罪悔改。這樣的自剖和悔罪，從三代一直到孔孟都還有其眞實感，但從屈原提出〈天問〉以後，神的位格逐漸不清楚了，神的作爲不再生動了。詩書傳統中的上帝對孔孟還是一個信仰的對象，屈原以後逐漸變成了一個知識的對象，甚至質疑的對象──屈原的絕望自沈可以說象徵了一個偉大信仰時代的結束。漢朝雖有董仲舒以「天人感應說」力圖拉近天人的距離，但董子卻也因此遭到廢黜，足見三代，那個偉大的信仰時代大體上是過去了。商湯的自我贖罪，周文王的「對越在天」，孔子的「畏天命」，漸成絕響。

東漢以後的中國，儒道佛三教互相激盪，更走上人本主義的路子──「內在超越」更代替了「外在超越」，上帝以天理、良知的形態出現，所謂「對越在天」、「獲罪於天」的感覺主要在道德的省察，而少宗教的意蘊。相對於此，西方卻正展開長達一千多年的基督教時代，由耶穌基督的受難復活所體現出的上帝是如此鮮活生動，使人無法否認，無可推諉，更不是理論、思想所能推翻的。耶穌基督的眞實性和超越性在中世紀主導了整個西方文化的發展，直到今天仍是歐美社會靈性和精神的基礎。作爲靈性和精神的直接表達──文學，自然也在基督信仰的主導之下，由於這樣一個強而有力的大傳統，「懺悔文學」、「告白文學」遂成爲西方文學的大宗。在西方兩千年文學史上，很少作家不留下一兩本這類作品的，也許它的書名不叫「懺悔錄」或「自白書」，但骨子裡，仍是一種懺悔、告白，有似天主教儀式中的「告解」，這一種內心的 confessio，是貫穿在整個西方文學傳統中的底線。當歌德說，他的作品都是一連串的告解時，實在是道出了西洋文學家普遍的心聲。

影響西方文化和文學最深遠、最有力的第一本書就是聖奧古斯丁的《懺悔錄》——他的名言：「我心不得安息，直到安息於主」，是整個西方文化、西方心靈的精神指標，正如同他的「上帝之城」成爲中古西方之精神堡壘一般。在他的影響下，不斷有人寫出《懺悔錄》——在他之後，盧梭的《懺悔錄》影響啓蒙時代最爲強烈，所謂「世無盧梭，即無法國大革命」，盧梭之於政治、文學乃至文化思想教育界的影響都非同時代任何人所能比擬的。他的《懺悔錄》在文學上更是引發了一整個浪漫主義風潮，托爾斯泰年輕時以盧梭肖像懸掛於項鍊上，康德爲他改變了起居習慣和哲學思想，其影響之深遠可以想見。

盧梭之後，托爾斯泰也寫下了他的《懺悔錄》（或曰《告白書》），主要是敍述他信仰上的徬徨、尋覓與見證。其實在此之前的《安娜卡列妮娜》已經是一種告白性質，一種信仰上的心路歷程，不過是以小說體寫出而已。可以說是用小說寫成的「懺悔錄」。和托翁同時的杜斯妥也夫斯基，其作品的底蘊更是以懺悔告白爲本質，雖然不曾以「懺悔錄」爲書名，但他的《地下室手記》是很典型的懺悔和告白，在現代文學裡，這是第一本不以懺悔錄爲名的懺悔錄。

繼他以後，現代文學中也不乏這類作品，像卡繆的《墮落》、里爾克《杜英諾悲歌》、艾略特《四個四重奏》，以及紀德、喬艾斯主要著作都有懺悔、告白的性質。而天主教作家如莫洛亞克、馬塞爾等更是明顯。對於比較缺乏幽暗意識、罪咎感的東方國家，懺悔文學所顯示的靈性的深度、高度和誠實度、懇切度，在在都值得我們參考、取法和提倡。

復活與文學

任何宗教都有「聖誕節」，但只有基督教有「復活節」。然而，除了耶教國家以外，一般人都只看重聖誕節而不看重復活節，這，是一件不可思議的事情。

其實就耶教而論，復活節比聖誕節更要緊，因爲在千萬年人類史上，能夠死而復活，啓人類以永生之盼望的，只有耶穌一「人」。如果耶穌沒有復活，他和歷史上其他「殺身成仁、捨身取義」的聖賢之輩也沒什麼兩樣了。

不信《聖經》的人也許會說「復活」云云只是神話，然而就四福音書、〈使徒行傳〉乃至於門徒書信以及當時的史書記載，耶穌復活確實是鐵證如山、見證如雲的一個歷史事實。他在復活後又在人間活動了四十天，分別向好幾百人顯現過，並且吃喝如常、言談無異平生。十九世紀時一度流行復活「幻覺」說，如寫《耶穌傳》出名的法國作家雷南。然而，在許多學者（包括史懷哲）的研究下，耶穌復活的歷史眞實性基本上已無可置疑，他的生、死、受難、復活都是斑斑可考的事實。

耶穌復活曾多次多方顯現給多人看見，這固然是「現身說法」，留下見證，證明他勝過了陰界的勢力。但同樣重要的是，在他多次的顯現中，又給予人類許多重大的啓示，其中最要緊的，比如：他最先向抹大拉的馬利亞顯現，這女人曾被七鬼附身，據說是個德行有虧的罪婦。然而由於熾烈的愛使她流連主墳不肯離去，因而成爲第一個看見耶穌復活的人類——這說明了「愛」，在天地間是最大的，愛是天人之間最短的通路！學問、知識皆不足與比倫！而耶穌復活後逕以其名「馬利亞」呼喚她，亦令人驚喜、感動！原來「神愛世人」不是一批一批地愛，乃是一個一個地愛，他按名字認識每一個人。愛得那樣親暱而不籠統空泛，這，正是西方耶教國家人權之所以特受重視的根本原因和終極保障。

耶穌復活後，他的門徒多馬獨不置信，並聲言若不親眼看見，並親手一探他身上的釘孔，則絕不接受復活的事實。結果耶穌果眞向他顯現，並要他以手指一探釘孔，多馬這才釋疑，自此拳拳服膺！對於講究實證，講究「無徵不信」、「拿出證據來」的現代人，多馬是一個最好的樣版！他等於是替我們在「檢驗」耶穌的復活，「考證」復活的眞僞，如果多疑如他都能接受復活的事實，後人還有什麼可懷疑的呢？信仰不信仰是另一個問題，但接受證據是起碼的理性。

繼多馬後，耶穌還向使徒約翰顯現。在約翰被放逐的拔摩島上，他看見耶穌手拿著死亡和陰間的鑰匙，並且預告了末日的審判與世界的更新。至於保羅在大馬士革路上被耶穌復活的大光震懾，因而悔改皈依，更開了向萬邦向全球宣教的門，基督福音從此成爲改造世界最大的動力。

由於復活帶來更新與再生的盼望，它在西方文學中也佔有無比的分量。但丁的《神曲》由此把「人」提到了最高天，這是文藝復興的先聲——莎翁在《暴風雨》裡所達成的「和解」就建立在復活的信念上。歌德的《浮士德》則以復活節的頌歌結束了中古，開啓了近代，爲啓蒙運動唱出了心聲！近代文學如易卜生的「當我等死而復甦」、托爾斯泰的《復活》都是寫復活的傑作。現代文學中則以艾略特最關懷死與復活的問題，在《荒原》、《四個四重奏》裡，都迴響著從但丁《神曲》到莎翁《暴風雨》中復活的主題。可見若除去「復活」，西方的文學和文化，都要失去最大的憑藉。

〈青年副刊〉・一九九二・四・十五

你也能寫俳句

——迎接俳句的新時代

日本文化這兩年在國內頗見流行，在青少年文化圈裡尤受歡迎。透過電動玩具、漫畫、卡通和音樂、服飾，乃至於文具：像城市獵人、小叮噹、龍貓、紅豬、銀河鐵路……這些東洋「偶像」，早已「進出」寶島無數次，「佔領」了無數青少年的夢和心。

近百年來由於中日關係不睦，影響了中日兩國的文化交流，老一輩的對日寇餘悸猶存，大怨不解，小一輩的卻又一味跟進，盲目崇拜。在「恐日」和「崇日」之間，擺盪著兩極化的情緒，這是一種病態！再加以重商主義下的功利心態，僅視日本爲一個商戰對手，這樣下來，中日「兄弟之邦」本來可以有的攻錯之益、互補之宜，就此抵消，實在可惜！

人人都知道日本文化受中國文化影響至深，但其「同中有異」，甚至「青出於藍」的地方，國人卻往往未能正視。其實中國文化到了日本後頗有進一步的發展，在許多方面都發展出新趣味、新視野、新美學，提供了新的創作可能，這是對中國文化潛力之一種深化、純化和變化，對中國文化絕對是一種貢獻，不應該因「泛政治」情緒而遽予抹煞。

因此，日本文學的翻譯、介紹和研究、推廣也絕對是值得鼓勵的！然而放眼書肆，真正夠格的日本經典之作迻譯過來的何其有限！滿目所見盡是理財、資訊這方面的書籍，能觸及精神世界，心靈層次的作品實在少！試一逛「紀伊國屋」、「永漢書城」，目擊彼邦「人文」之薈萃，除了望書興嘆，更痛感政治誤人！

這兩年青年詩人兼報刊主編楊澤先生很有心提倡所謂「現代俳句」，也就是日本俳句的現代化。現代俳句每天見報，國人也就逐漸知道原來日本除了棋道、劍道、花道之外還有這麼一道！正如花道劍道與我國的花藝劍術有異同之妙，「俳句」和我們的「絕句」也有似同而異，貌合神離之趣！俳句起源很早，大約仿自我國文人雅集，即席賦得，聯吟唱和之六朝遺風而來，初謂之「連歌」（和歌之連綴體），源出宮廷，又摻雜不少俳諧趣味。後來把連歌中的發句抽取出來獨立成篇，就成爲所謂「俳句」了！因此俳句先天地帶有即興成詠及神解妙悟之機趣。再經十七世紀詩人松尾芭蕉賦與禪心禪境，俳句遂成爲最長於表達「平常心是道」之一種詩歌了！

即興的感詠、當下的體會、瞬間的感觸、剎那的妙悟，如同電光石火，拈花微笑，結合了自然和超自然、可能與不可能、平凡和神奇、夢與非夢、現實與超現實、迷與俗、聖與悟，此與彼：統一矛盾、化解扞格、會通虛實——這些都是俳句之妙用。因此俳句的特質是偏向警策的、險絕的、跳脫的風格，短短十七個音節(日文)，三句爲主，如閃電、匕首，要能一針見血，一語中的。又如沈鐘之一叩，幽遠玄曠，餘韻無窮。這種精神、這種趣味，自然和「絕句」一板一眼四平八穩的作風大不相同。因此以「絕句」視「俳句」是不妥當的，正如以花藝視花道之不當一般。俳句也不是「五四」前後流行的小詩、短詩、格言詩，和冰心、泰戈爾他們的趣味完全兩樣。正由於把握不住俳句這些特質，儘管此間作者日眾，但多屬變體別裁，搔不著癢處！

「不要打啊，蒼蠅正在搓手搓腳呢」、「古池裡，落蛙之聲」、「寒天也莫烤火——雪之佛啊！」、「梨樹上花盛開，一女子在月光下看信」、「竊賊留下——窗前明月」……像這些，就是俳句的意境了！即假見眞，化凡成奇，起死回生，在極平常的生活裡現出不平常的意趣，所謂「化腐朽爲神奇」，所謂「平常心是道」，這，是俳句的眞精神！

現代人目迷五色、耳淆五音，比如「七竅開而渾沌死」，外不識天，內不體道，中不識我，整個人被金權功利重重堵塞，其眞心至性已向「存有」關閉，和「生源」斷絕，久之而落入「非人化」乃至「反存有」的惡趣，這是眞正的「原罪」！眞正的「墮落」！如何在眼前當下的日常生活中找出生機找出活路，是個嚴肅而迫切的課題，這一方面，俳句雖小，卻能發揮莫大的作用！只要時常保持一顆清淨無染的赤子心，人人都能在最平凡的生活裡體察出造化最微妙的深意，而眞切體會到耶穌所言：「天國不遠，正自在方寸間耳！」

〈青年副刊〉・一九九三・十・二十二

俳句

——詩歌裡的小精靈

俳句（Haiko），原來是日本文學的一種體裁，以言篇幅，應該是世界上最短小的一種詩歌了。中國的「絕句」有四行，希臘的「碑誌」（Epigrammata）有兩行，但日本的「俳句」最多只能有十七個音節，換成漢文還不滿七、八個字，因此可以說是詩歌文學中的花仙子、小精靈了！

俳句起源甚早，它最早約在我國魏晉時代就略具雛形了，但那時它只是附庸在整組「連歌」之中的一個片段，就像我國著名的《蘭亭雅集》，文人在曲水流觴之際，相與唱和一般，把各人的吟詠聯綴在一起就稱爲「連歌」。後來把連歌中的發句抽取出來獨立成篇——這，就是後來的「俳句」了！因此從俳句的「前身」就可以看出，它「先天」地有文人風雅和即席即興的意味，其旨不在鋪敘大段人生，而要在觸景生情，即事興感的境界。短小的篇幅最宜於捕捉刹那的印象、瞬間的感悟，因此日本文學家小泉八雲以「鐘之一擊」來形容俳句意境，鏗然一擊，餘韻無窮，而空靈玄寂，發人深省——這，就是典型俳句的趣味了！

俳句在十七世紀日本江戶時代，經松尾芭蕉之大力創作與苦心改良，才逐漸取得文學的正統地位。芭蕉賦予它嚴肅高深的內涵，確立了幽玄淡遠的意境，並且把俳句和禪意緊緊結合起來——俳句因此而獲得其靈魂，從此一改其庶民「俳偕」的滑稽粗俗和文人遣興遊戲的輕佻，而成爲一門莊重的文學藝術。從此作者日多，門庭日潤，浸浸然由附庸蔚爲大國，終於成爲廣受歡迎、風行東瀛的代表性詩歌。

近百年來由於中日關係不睦，日本文學的介紹受到有形無形的限制甚多。雖有文學家如周作人、郁達夫他們的譯介，數量畢竟十分有限。日本的詩歌，俳句只有片斷的迻譯，並沒有整體、有系統的研究介紹，和日本小說相比，完全不成比例，這在文學欣賞和文化交流上，都是非常可惜的事！由於譯介太少，國人乍見「俳句」二字，多半不識所指，不知所云！有人讀成「悱」句，有人寫成「徘」句——彷彿它是一種「纏綿悱惻」的句子，或「徘徊不去」的句子。其實，俳句既不「悱」也不「徘」，正好相反，俳句的特色乃是「當機立斷」、「言下大悟」，絕不拖泥帶水，也不瞻顧徘徊！如電之一閃、鐘之一擊、蛙之一躍、鷹之一瞬，所謂「一沙一世界，一花一天堂，大千在掌握，刹那見永恆」，這就是俳句的境界！這樣可愛的境界被一水之隔的我們疏忽了好幾百年之久，豈不是中國文壇之一大憾事？一大損失？

這兩年《中國時報・人間副刊》主編楊澤先生大力提倡俳句，俳句作品每天見報，他所謂的「現代俳句」自然不同於原來形制。不過俳句因短小而長於「捕捉當下」、「抓住眼前」的特質並未改變，我因此寫了不少俳句以爲響應。這，一方面是出於對詩的熱愛，一方面也確感俳句對現時代社會與教會都有不平凡的意義！現代社會鼓勵大量消費，目迷五色、耳亂五音，結果一無所見、一無所聞，都「消費」掉了！俳句正好教人聚精會神、專心關注於一事一物，以重新發現萬象本身之美，對於「遺忘存有」的現代人大有裨益！對教會而言，當代福音神學太偏重於末世救贖，而忽略了眼前當下的眞善美聖，實在辜負了神的創造奇功！甚至把宇宙人生都「空洞化」了！重拾「此時此地」、「眼前當下」的意義與價值，是俳句對基督信仰所可能做出之最大貢獻！「諸天述說神的榮耀，穹蒼傳揚他的手段」，相信大衛再世也會愛寫俳句的！

「用琴解謎」談俳句

《聖經》裡的第一歌手——大衛王，在他所寫的〈詩篇〉第四十九首裡，曾說過一句奇怪的話：「用琴解謎語」——這句話本身就如謎語，一般人不容易懂的，卻說出了詩的本質。

古往今來，眞正的好詩都像謎語，總帶有那麼一點神祕性，不輕易讓人懂的——像人面獅身之謎、像蒙娜麗莎的微笑，那裡面有一些像音樂似的東西，飄忽迷人，卻難以捕捉！雖然也是用文字表達，卻是散文無論如何也翻譯不出來的——這如謎的詩之本質，只有用琴來解答了……

俳句，最短的一種詩，也可以說是最精練的一種詩，它的本質不容易用散文說清楚。因此，試圖用散文解說俳句，自然是件笨事。俳句，似謎中謎，也只好以謎解謎，或者，萬不得已，以琴解謎了！在俳句的「發源地」——日本，「俳句」原本是和「禪心」緊緊相連著的東西，也可以說是「禪之文字化」、「偈之詩化」——俳句的深處所深藏著的正是禪偈的精神。禪，本是「拈花微笑」的一種妙悟，根本離開了文字相，正是「不可說、不可說」的至境！因此，國人乍見俳句，不免只把它看成短詩或絕句，或把它和泰戈爾、冰心乃至古典絕句詩人作一聯想，這些其實都是不相干、不貼題的外行話了。

禪，是眞心當下的一種感情，本性刹那間的一種超脫——超脫了萬法外在的紛歧，而直透萬法一如的本體，所謂「一眞法界」的悟境，由此一悟，脫口而出，便成了「偈語」或「俳句」。這樣的悟境很神祕，但也很平常，而，神祕中的平常或「平常中的神祕」，所謂「平常心是道」也者，正是禪的，也正是俳句的本質。

基督教從西方傳來，深深染上希臘哲學的邏輯思辨和現代西方的科學色彩，因此在它的影響下神學也像哲學——「方以智」的成分多，「圓而神」的趣味少。其間雖也有新柏拉圖主義如金口若望、愛克哈特、布雷克那樣神祕主義者，到底和東方文化重直覺、講頓悟的精神不相契。然而，神學在西方可以西方化、哲學化，在東方又爲何不能東方化、空靈化呢？東方、西方譬如神的兩隻手，今天，在經歷了二十個世紀的抵死鬥爭之後，幾乎所有的意識型態都已瀕臨解構了，東西雙方也該放下一切信仰的成見，讓神雙手「合十」，也讓人在「道」裡合一了吧！

禪悟超脫一切分別見，打破一切我法執，本來無分東方西方，更不是佛教之專利。這從中國發展出來的心性之學的最高成就，正可以補西方神學之不足，由之而會通東西心靈，使人類對於神與神的創造有更深入、更直接的體會，也使「天人合一」在生活中印證出來，在創作中表現出來——所謂「以馬內利」，所謂「行地若天」，所謂「天國就在你們心裡，就在你們中間」——這些境界，藉著悟性與俳句，更能在日常生活中隨機隨緣地「活」出來——這，是神最親切、最「人性化」的一面，卻被西方神學和西方教會弄得疏離不堪了！西方太重神的「超越性」、「他在性」因而忽略了神的「當下性」、「內在性」。西方神學和西式教會之「天人交戰」、「不近人情」，正可從這種重體悟、重直覺、重當下、重人性的東方精神中得一紓解和救濟！到神那裡去，中國人正不妨走出一條自己的路！

「詩歌詠出平凡事，學得人生當若何」——這，是當代日本作家三浦綾子女士在自傳《尋道記》中的一首俳句：誠如所言，俳句是貌似平凡的，但它卻「直指人心」地指出了人生之道、生活之道！謎是難解的，但琴是悅耳的，用琴解謎——這種「不懂之懂」，正是我們走向生命之謎的最美麗，也是最便捷的一條小路了！

隱惡主義——從名劇「美迪亞」說起

「天下無不是的父母」，這是中國的一句老話，千百年來為國人深信不疑。然而這些年來，報上常見狠心父母虐待親生兒女的報導，有「逼良為娼」的、有「非刑拷打」的，甚至還有亂倫強暴的……種種「獸行」，不一而足，令人髮指！因此最近不斷看見有人提出「天下有不是的父母」這句反論，對傳統觀念提出強烈質疑。

本月初，日本能劇大師來臺演出希臘名劇：「美廸亞」，在這齣震撼人心的千古名劇裡，女主角美廸亞為了「有效」報復丈夫傑遜王子的移情別戀，居然手刃親子，火燒骨肉，最後乘龍上天，玉石俱焚！這齣名劇寫成於希臘文明的晚期，正是「山雨欲來風滿樓」的危機時刻。希臘文化的黃金時代已逝，學絕道喪，禮壞樂崩，因此作者尤利披底斯不但藉著劇作對弱者女性一再表示同情，同時也對傳統的倫理道德、價值觀念提出強烈質疑。正是「大廈將傾」前的一曲悲歌，在熊熊大火中送走了一個悲劇的時代！

就正常人性來看，美迪亞的行逕已屬瘋狂！雖情有可憫，但手刃稚子以爲報復，究屬滅絕倫常之滔天大罪！所謂「天下無不是的父母」，在這裡，就完全動搖了！即以「美迪亞」一劇觀之，身爲父親的傑遜王子，「不是」在前，身爲母親的美迪亞「不是」在後，以「愛情」滅「親情」，違反上天好生之德，無論如何是說不過去的！尤利披底斯對傳統女性之同情誠然具有現代精神，對愛情之非理性體認尤深，對人性之剖析更令人感慨！但目睹熊熊烈火中，稚子哀號，活活燒死，任何正常人都不信乘龍而去的美迪亞能「安享」其餘年，悠遊其晚歲！

然而，若尤利披底斯再作一「續集」，如索福克里之爲「伊迪帕斯王」作續集，他是否將令其二子出於幽冥而上訴眞宰，控告其母氏不仁？而即令如此，大神「宙斯」如何審判，也頗耐人尋味！以希臘人之自由思想、冰雪聰明，必不「篤信」所謂「天下無不是之父母」之教條！然而子女之控告父母，揭其不義、發其不仁、彰其不慈，以伸「大義」於天下，這種「革命」之舉，恐也非希臘人所樂見！「父母不是」是一回事，「定罪父母」又是另一回事，此一分際，乃是傳統倫理之鐵律，中外同倫，殊難干犯，可謂「天誡」！試觀孔夫子所謂：「父爲子隱，子爲父隱，直在其中」，足證父母雖有不是，而子女有隱惡之義，在上古社會，固天下之通義也！

關於「子爲父隱」之做爲天下之通義，最早也最「權威」的記載應屬《聖經》。舊約《創世紀》裡記載洪水之後，挪亞一日醉酒，裸體失態。他的兒子「含」發現了，居然叫兄弟「閃」和「雅弗」來看。所幸這兩位兄弟「頗識大體」，頗知「子爲父隱」的道理，於是拿了衣服倒行而入給老父蓋上以「遮醜」，事後又背著臉不看父親的醜態。挪亞酒醒後知情，乃大大咒詛含及其子孫迦南，而祝福了閃和雅弗後代；含的後裔將世代爲奴，而雅弗的帳幕將不斷擴張！徵諸近代西方殖民歷史，這可怕的預言似也應驗了！

挪亞醉酒，二子遮羞的故事，大概是人類歷史上人倫禁忌最早的記載，也是「子爲父隱」最原始的根據。挪亞醉酒，裸體失態（甚至可能還有其他醜態，《聖經》沒有明言），誠屬醜行，《聖經》並不曾「爲賢者諱」。然而父親出醜，二子遮醜，「家醜不外揚」，這是一種「義」！反之，「含」之宣揚家醜，自以爲義，正是一種「不義」。上帝讓老父挪亞的祝福與咒詛都應驗，正是「認可」這一種「義」與「不義」的「人之大倫」！

「父爲子隱，子爲父隱」誠然是人之大倫，不過也不能走入極端，所謂「小杖則受，大杖則逃」，孝子不陷父母於不義。又當「忠孝不能兩全」時，移孝作忠，如鄭成功不隨從鄭芝龍叛明降清，寧爲孤臣孽子，這是更高的大義！準此，則爲女兒者當然不能任老父強暴，兒子也不能任老母焚燒，雖起而反抗可也！然若爲此張揚父母隱惡於天下，控告父母罪行於公堂，則此大義又轉爲不義，有傷天倫矣！父母隱惡自有天譴與國法，不宜出於子女之手與口。「子爲父隱」是一種厚道，天地元氣正賴這一點厚道爲之維繫！

傷逝之外

——基督是苦難的答案

美國女詩人艾蜜莉・狄金蓀在一首〈我不能坐待死亡〉的詩裡，把人生描寫成駕車出遊，一路上經過學校，經過麥田，經過緩緩歸去的落日夕陽，最後停留在死亡的小屋旁……當她回顧這浮生之遊，感覺中彷彿比一日更短，卻又似乎比一世紀更長！最後詩人不禁猜測——馬頭是否朝向永恆的方向？

把人生寫成出遊，這應該是最好的比喻了！特別是駕車出遊，何等逍遙閒適，逸興遄飛！人，年少時，總感覺如駕著日車的阿波羅，那般顧盼自雄，那般神采飛揚！彷彿有用不完的日子，看不盡的美景，發不盡的歡笑！我們經過小學校，天眞爛漫的兒童期，跳繩、跳房、盪秋千……我們經過起伏的麥田，穀粒在金風的吹拂下已纍纍成熟，這，應是壯年到中年。最後我們來到了一座神祕的小屋——半在土上，半隱土下——這神祕的小屋竟是每一個人的歸宿。而回顧一生，短如一日，長似百年，而馬頭所指，恍惚永恆，是耶非耶？天何言哉！

我自大學時代就深深愛上狄金蓀的詩，至於終生受她影響！也許心有靈犀，一點就通！我也時常感覺人生有若出遊——像童年的遠足郊遊，快快樂樂地出門，無思無慮地遊盪。然而，不久，起風了，變天了，原先的風和日麗變成了烏雲密佈，原先的鳥叫蟲鳴變作了鳥雀四散，於是收攤的收攤，避雨的避雨，逃竄的逃竄……一時間雷聲隆隆，電光閃閃，地平線上風捲殘雲，傾盆雨下，人影凌亂。一場雷雨過後，環顧左右，檢點四周，同來的人已所剩無幾，而雨收雨霽，夕陽西下，歸途總是寂寞的。俯視地上長長的影子，已非出門時的爛漫童稚，飛揚少年！

人生朝露，死生新故，人到中年，哀樂交作，親朋好友，同學同事中已漸有「不告而別」，先行離去者！這兩年來，眼見身邊凋零者日多，彷彿一棵樹上的無數落葉，令人百感交集，難以爲懷！曹丕所謂「徐陳應劉，一時俱逝，痛何可言！」我四十歲以後，眞能感受這言中的痛切之意了！特別是在我周遭，最多喪夫的寡婦，僅這兩年當中看見她們的丈夫，有從飛機上摔下來的，有被瘋狗浪捲走的，有死於急性病的，都是一夕之間，風雲變色，剎那之間，人天永隔！在我執教的學校中，幾乎每年增加一個寡婦。到了今天，我自己的岳母也成了寡婦！環顧左右，檢點四周，眞像那出外郊遊的孩子，一場雷雨過後，同來的人已所剩無多……

望著這些寡婦的背影，落寞淒涼，無復生趣，她們往往過著一種自閉式的生活，外人很難幫得上忙。她們的世界，彷彿打不進電話的城堡，只有一面憂傷的旗子在風中搖曳！身爲基督徒，面對此情此景是不能坐視的！在《聖經》當中，不論《新、舊約》，都再三強調神是孤兒寡婦的神，祂是特別眷顧孤兒寡婦的！比如：「你撇下孤兒，我必保全他們的命，你的寡婦可以依靠我」《耶利米書》、「祂爲孤兒寡婦伸冤」《申命記》、「不可欺壓寡婦孤兒」《撒迦利亞書》。從《舊約・路得記》中我們看到，猶太古風規定，田中遺落的麥束不可回頭再取，要留給寡婦孤兒，這，就是米勒名畫「拾穗」的由來。而《新約》中，我們也看見耶穌在世時特別關注寡婦，憐憫寡婦。比如，在眾多的奉獻者中，他特別注意到那個只投了兩個小錢的窮寡婦，並稱許她比所有人奉獻得更多！他有一回更將一位寡婦的獨子從死中復活交還給她……所謂「寡婦的禱告，神必垂聽」，以色列人對寡婦有種種保護優惠，正是回應《聖經》裡神的呼籲！

許多寡婦因喪偶而不信天地有神，更不信神就是愛，甚至怨天尤人，自怨自艾。天意奧妙難測，誠非凡人所能知。然而神藉著耶穌基督充分顯明了祂的心意，祂從受審受刑參與人類的苦難，又在十字架上與人一同受難，並代人贖罪。從墳墓祂進入人類的死亡，卻因復活昇天帶領信祂的人超越了苦、罪與死亡！祂更應許末日再來抹去一切的淚痕，更新天地，復興萬物。神而如此，可謂仁至義盡了！沈思耶穌的受難、復活、昇天，古往今來一切苦難的答案都盡在其中了！

〈青年副刊〉・一九九三・五・十四

摘下眼鏡看《聖經》

五月一日顏元叔先生在時報〈人間副刊〉發表了〈聖經奇譚〉一文，文中對《聖經》提出了許多「特別」的看法，其「大膽假設」頗令一般信徒難以消受。文中比較令人印象深刻的觀點是：一、摩西過紅海可能只是淺灘潮汐的作用，談不上是神蹟。二、耶穌誕生可能是馬利亞被強暴所致。三、《聖經》中並無「原罪」一詞，「原罪說」係奧古斯丁的發明。四、《舊約》是一本「仇恨之書」，耶和華只愛以色列人，不愛其他族類——異族和畜牲一律殺無赦。五、耶穌不要福音澤及異族，四福音中找不到博愛的影子。六、耶穌「博愛」觀是使徒保羅所提出，而保羅可能患有癲癇症。七、耶穌臨終前大呼「神何棄我」，絕望之狀啓人疑竇。八、耶穌未曾自稱爲神，神化耶穌乃信徒所爲。

這八點意見都正中《聖經》的「要害」，因此一經見報，立刻在教徒中間掀起軒然大波，彼此爭相走告，群情譁然。其實民國以來國人對基督教的批判，多半都比這篇文章「生猛」、激烈！比如朱執信寫過一篇〈耶穌是什麼東西！〉吳稚暉揚言要「開除上帝」，還要「露體罵他：惡徒！」陳獨秀說「耶和華是騙人的」，汪精衛則「力斥耶教三大謬」，當年國民黨還組織過聲勢浩大的「非基督教大同盟」……光看這些節目就知老一輩中國人對基督教反感到什麼地步了！顏先生的大作和他們相比，實在是溫文儒雅得多了！

當年國人之反耶教主要起於對資本主義、帝國主義和「文化侵略」的反感。一九四九年以來，兩岸「殊途同歸」的反美情結，更加深了這一惡感。此中關係著一個族群受傷的自尊心，無法用純理智來解決的。我不揣淺陋執筆爲文，也絲毫沒有試圖解決的妄想。我是相信「人心不同，各如其面」的人，也是了解「情之所結，非理可解」的人——人的想法不能也必統一，就像人的面孔不能也不宜統一是一樣的！不過站在「一本萬殊」、「仁智互見」的常識立場，也說說我個人對《聖經》的一點看法，必要時也請《聖經》自己站在「被告席」上講講話，絕沒有以正統自居、強人同己的糊塗念頭。只不過是提供一個思考空間，讓問題保持開放，供信與不信的朋友，自行比較、自行參考罷了！

一、關於摩西出埃及過紅海，從啓蒙時代以來，已經有不少這類「科學化」、「解神話」的解釋了。究竟眞相如何？最好去問摩西！不過，以色列人在曠野中流浪四十年，還有許多神蹟不比過紅海爲小，比如天降嗎哪，供兩百萬人吃了四十年，這事有耶穌親口爲證，科學又怎麼說呢?試看伊拉克庫德族難民在邊境山區硬是大批大批餓死,四十年能供兩百萬人吃飽喝足,豈不比徒步過海更不容易?

二、馬利亞可能是遭強暴而生耶穌嗎?對於這個古老而不友善的傳說,其眞相如何,也最好去問馬利亞本人。不過,試看〈路加福音〉(作者路加是醫生),馬利亞在天使報喜告知聖靈感孕以後,隨即前往拜訪表姐伊莉莎白,兩人高歌一曲「尊主頌」,詞曰:「我心尊主爲大,我靈以神我的救主爲樂,因爲他顧念使女的卑微,從此以後萬代要稱我有福!」這歡樂感激的頌歌很難想像是出自一個剛被強暴過的少女之口!在猶太律法中,未婚懷孕是要用亂石打死的!表姐爲被強暴的表妹高興,似乎也有違反「自然律」吧!

由《聖經》來看,耶穌就算不由童貞女所生,他的降生也很不尋常。〈彌賽亞〉降生的預言在中東已流傳了數千年,預言中指明他要生爲大衛王的子孫、要生在伯利恆、屆時有異象星證,他要行神蹟、活死人,要作外邦人的光,要騎小驢進耶路撒冷,要被鞭打受羞辱爲人類擔罪、他的面容憔悴,要以三十塊錢被出賣、要被釘死,而骨頭一根也不折斷、要與惡人並列,臨死爲罪人代求、要被葬在財主墓中、三天後要復活、他的福音要傳到地極……這些流傳幾千年的預言在耶穌身上完全應驗,無一落空,其數學上的機率確實偏低,不是人能做得到的!若不是神蹟又是什麼?

至於馬利亞是否童貞女？不但〈以賽亞書〉明說「必有童女生子」，〈創世紀〉一開頭就預言未來的救世主乃「女人的後裔」，亦即人類中沒有他的生父；他名「以馬內利」（神人同在），老約翰見證他是「道成肉身」，他的父就是神，他本人就是道。我們信不信是一回事，但在《新、舊約》裡，這確是一以貫之的信息。

三、關於「罪」的問題：這是基督教最大的特色，誠如齊克果所言「不認識罪，就不能認識基督教」。一般中國人不易接受基督教，和不能接受原罪觀大有關係。不以為有罪自然用不著救贖主，「過而能改，善莫大焉」，一般中國人只到知恥為止了（其實在《詩經》、《禮記》中也多有獻牲贖罪的記載，所謂「吉服」就是天子披著羊皮祭天，官員穿「羔裘」上班代表公義，「代罪羔羊」是孔子所不忍放棄的古禮，其中必有道理。）然而，《聖經》正好就是要對付這一種對罪的麻木：伊甸園裡亞當夏娃一犯罪，就趕緊拿樹葉遮羞，上帝不許，而改以皮子為他們補罪——因為人懷疑自己存在的根基，叛離萬有生命的源頭——神，這不是小事，不止是「羞」，不止是「恥」，乃是「罪」！罪念憑自己是對付不清的——任何誠實的人捫心自問都可了然，衾影無愧的人到底沒有！人既對付不了罪，只有神「犧牲」自己，以血為人遮罪，把無罪的生命給人，庶幾重生得救、天人復合。因此早在伊甸園裡，「救主」就已「受難」了，伊甸被剝下的皮子，亞伯的獻祭、挪亞的方舟、亞伯拉罕之獻獨子，逾越節用來抹血的羔羊、〈利未記〉裡神對獻祭的種種規定……這些都是為贖罪而設的「預演」。直到「神的羔羊」耶穌出場，真正的主角亮相了，他被釘死、完成贖罪，神的大功就告「成了」！這一齣亙古大戲，你認為神話也好，奇譚也好，在《新、舊約》裡確是前後呼應、互為表裡、渾然一貫的。

至於「原罪」一詞，《聖經》裡確乎沒有，但意思是很明顯的。大衛王說：「我是在罪孽裡生的，在我母親懷胎時就有了罪」。〈約伯記〉說「婦人所生，怎能潔淨？」、《羅馬書》說「罪是從一人入了世界，死又是從罪來的」……這些話都和伊甸以來的罪行相呼應，把「原罪」表現得再清楚不過，早期教父如奧古斯丁不過是對既有的事實加以追認而已。在《聖經》索引是找不到原罪一詞，但整本《聖經》卻有找不完的原罪一事！

四、關於耶和華「嗜殺不仁，只愛以色列人，不愛異族和畜類」云云，這恐怕是最不易索解的一環。不必諱言，耶和華不但滅過異類，他還滅過人類！大洪水中除了挪亞一家八口和動物各對外，全地生物都滅絕了！與此相比，其他都算小「case 了！耶和華何以如此「不仁」呢？這個問題大致可以分三層來說：㈠神的本性確是愛而非恨，天主教的《智慧書》說的最明：「的確，你愛一切所有，不恨你所造的，如果你憎恨什麼，你必不會造它」他造了又毀、生了又殺，在《聖經》看，這不代表不仁不愛，而是關乎他本身的聖潔、公義，也關乎他對人的管教、審判和「開刀」！人愛自己的身體有時還不免開刀，犧牲局部以保全大體。人愛兒女，有時也不得不嚴加管教處罰。子民之間起了官司，不能不行審判、甚至判死刑、「大義滅親」！人對人如此不算不愛，神對人如此又何恨之有？犧牲動物以救人類、割捨局部以救大體。大小輕重、本末先後，其中自有全盤的考量和安排。㈡根據《聖經》，神是全能者，「在人不能，在神凡事都能」，他能生能殺也能復活——《新、舊約》裡都不乏復活的例子。特別在〈以西結書〉裡，先知在平原上看見一大堆枯骨死而復生。當時耶和華說：「我開你們的墳墓，使你們從墳墓中出來，你們就知道我是耶和華！我必將我的靈放你們裡面，你們就要活了！」對於那些我們認爲「枉死」之人，他們自有復活的指望。〈耶利米書〉載「耶和華說：我知道我向你們所懷的意念是賜平安的意念，不是降災禍的意念，要叫你們末後有指望」。〈何西阿書〉也說「他（神）撕裂我們也必醫治，他打傷我們，也必纏裹。過兩天他必使我們甦醒，第三天他必使我們興起，我們就在他面前得以醫活」，這些話在耶穌從墳裡復活拉撒路和自己復活後基本上就應驗了。《聖經》勸我們不必爲「枉死」的人畜杞憂——神是創始成終、負責到底的神，絕不是只拉屎不擦屁股的人！試看耶穌在最後晚餐前，那樣堅持爲門徒洗腳擦足，就可以思之過半了。㈢人間以今生爲限，今生就是一切，但《聖經》超越此限，直指永生，生死並非最後的判準。大衛王說「祢的慈愛比生命更好」，保羅說「有公義的冠冕爲我存留」，能夠看出賜生命的比生命更好，對於今世的生死，也就不會執以爲終極的判準了！奥古斯丁的名言曰：「我心不得安息，直到安息於你」，也是這種悟境。《聖經》裡的神是「超越者」，是「完全不同的另一位」(the wholly other)，人以自己爲萬物的尺度來衡量神、判斷神、要求神，不啻「以管窺天」，未必相宜。照《聖經》，神不屬萬物，也不是人，要神符合人定的標準，不啻是要照人的形象創造神，這是反道而行的「造神運動」，是《聖經》的第一大忌也就是「十誡」裡不允許以天地間任何形象爲神「造型」的原始本意了！而更重要的是，《聖經》認爲神大於萬有的總合，他的「死」足以抵償一切的死，他的「復活」也足以復興一切的有生——這個萬物復興的境界，在《以賽亞書》的〈聖山〉和《啓示錄》的〈新天新地〉裡都有描述。

至於說神只愛以色列人，不愛異族和畜類，《聖經》裡有太多的反證。〈詩篇〉一四五云：「耶和華善待萬民，他的慈愛覆庇他一切所造的」，《智慧書》說「人的慈愛只朝向自己的近人，而上主的憐愛卻及於一切有血肉的人」，以色列人褊狹的民族主義不願意正視《聖經》這一面——然而即使在《舊約》裡，先知書越到後面越是強調這普世救恩的博愛信息，以便爲彌賽亞鋪路。比如〈阿摩司書〉傳神的話說：「以色列人啊，我豈不看你們如古實人麼？我豈不是領以色列人出埃及地、領非利士人出迦斐託、領亞蘭人出吉珥嗎？」《以賽亞書》亦云：「當那日以色列人與埃及亞述三國一律，使地上人得福，因萬軍耶和華賜福給他們，說：埃及我的百姓、亞述我的工作、以色列我的產業，都有福了！」須知，埃及、亞述都是以色列的世仇強敵呢！《舊約》中特別還有一篇〈約拿書〉，記載上帝命先知約拿去敵國尼尼微城傳悔改福音的事，尼尼微人因此悔改得救，而約拿卻憤然不平至於求死。最後神曉諭他說：「這尼尼微大城，其中不能分辨左右手的有十二萬多人，並有許多牲畜，我豈能不救呢！」這不是博愛嗎？《舊約》中神甚至與鳥蟲立約、規定田地每七年要休耕一年，對無生命的土地尚且愛惜，不是博愛是什麼呢？至於以色列人蒙「揀選」，那是要他們作見證傳福音給萬民，次序有先後，神愛無厚薄，「神不偏待人」，這是《聖經》說的。

五、關於「耶穌不想傳福音給異族，福音書中無博愛的影子」云云，反證就更多了。考耶穌之被害主要就是由於他以普世救恩的博愛主義打擊了猶太人偏狹排外的民族主義。他再三囑咐門徒「你們往普天下去，傳福音給萬民聽！」是所謂的「大使命」，二千年來教會不辭路遠拚命往海外宣教就是爲了這個使命！耶穌說「神愛世人」，要人「愛仇敵」，若連敵人也愛，還不算「博愛的影子」的話，什麼才算「博愛的影子」呢？

六、保羅在大馬士革被復活的主四面光照而悔改歸主，是否羊癲瘋發作所致？這本是雷南（M. Renan）的老調，早被駁斥過了。根據〈使徒行傳〉，當時見光聞聲仆倒在地的不止他一人，還有若干從者，難道他們也都得了羊癲癇了嗎？多年後保羅殉道時還回憶說「我沒有違背那從天上來的異象」！若是癲癇時時發作之人，何以能視死如歸，天君泰然，無怨無悔無疑，一至於此！

七、關於耶穌在十字架上呼叫「我的神，我的神，為什麼離棄我」云云，許多人認為他是絕望失敗了！論者一來是忘了他之被釘是站在所有罪人的立場上受刑，當是時也，普世的罪都擔在他身上，聖潔的父神豈不暫時「離棄」他？再者，論者忽略了這段話是耶穌在誦讀〈詩篇〉二十二首的開場白，詩中充滿他受難受死而後克敵致勝的種種預言，不啻是在證明自己救主的身分。當代心理學家佛洛姆（E. Fromm）指出：「大部分神學家竟接受了耶穌死於絕望的觀念，何以沒想到他是在誦唸〈詩篇〉二十二？」

理由似乎是：他們沒想到猶太人有個習慣，即：他們引一本書或一篇章的第一句，就代表全書或全篇，聖經學者 Loisy 說「〈詩篇〉二十二表明了耶穌受難的全部事實，耶穌死前以此夫子自道，實為自然之事」。B. Weiss 也說「福音書作者所關心的並非前幾個字的意義，而只是把它當作一篇〈彌賽亞〉詩篇中預言之完成」（見佛洛姆《人性的最終發展》），猶太裔的佛洛姆，以他對猶太教的一手了解，認為這一說法符合史實。

八、關於「耶穌未曾自稱為神，神化耶穌乃使徒所為」。徵諸四福音書，耶穌屢稱「我與父原爲一」、「看見我就是看見父」，他在公會前受審也公然承認自己的神格，判他死刑就是爲了這個！這是天日昭昭的事實，並非使徒「神化」的結果。使徒個個志願殉道，「血本無歸」，又是所爲何來？

坦白說，世間沒有能完全令「人」滿意的信仰，因爲人是太麻煩的東西！《聖經》永不能令人人滿意，因爲人太習慣以自己爲萬物的尺度！但誠如叔本華所言：「當一個人以頭碰書，那發出空洞聲響的，何必一定是書？」照《聖經》看，神的道終古不變，但人的心智逐漸成長，神對人的啓發也隨之演進而有深淺高低顯晦之別——嬰兒的食品豈能同大人一樣呢？因此讀經必須把握原則通權達變，才不致斷章取義，以偏概全。

而最要緊的是，根據《聖經》，人有限神無限，無限減有限還是無限——人神之間有本質上的無限差異，人對神的了解自不能完全。〈約伯記〉說「神爲大，我們不能全知」，這是句老實話。而神對約伯說：「我問你，你可以指示我！」這是對人類的當頭棒喝！因爲我們正如約伯，常忘了天人的分際，常「忘了我是誰！」忘了「神不是人」。因此讀經就如司馬遷說的，必先「究天人之際」，才能「通古今之變」，明白神人的分際，對於《聖經》的「常」與「變」才能一以貫之而不致有扞格不通之感。

《聖經》確實是最偉大的「文學」，因爲它最有生命，且是「生命中的生命」，堪稱

「書中之書」，自然超過莎士比亞！莎翁自己也清楚這一點，因此在他封筆之作《暴風雨》裡要自沈魔術書於深海而祈求音樂於天上，這是最不可及的一點！因爲「即使神的愚拙也勝過人的智慧」，在約伯的傳統下，莎翁認識天人的分際！他曾借哈姆雷特的口說：「何瑞修，宇宙間無奇不有，不是你的哲學全能夢想得到的！」這一種對人類大限的自知之明和對宇宙無限之開放的心，或許正是智者之所以爲智者、大師之所以爲大師，而大智之所以若愚的奧妙所在吧！

三民叢刊書目

㉒海天集　莊信正著
㉓日本式心靈・文化與社會散論　李永熾著
㉔臺灣文學風貌　李瑞騰著
㉕干儛集　黃翰荻著
㉖作家與作品　謝冰瑩著
㉗冰瑩書信　謝冰瑩著
㉘冰瑩遊記　謝冰瑩著
㉙冰瑩憶往　謝冰瑩著
㉚冰瑩懷舊　謝冰瑩著
㉛與世界文壇對話　鄭樹森著
㉜捉狂下的興嘆　南方朔著
㉝猶記風吹水上鱗・錢穆與現代中國學術　余英時著
㉞形象與言語・西方現代藝術評論文集　李明明著
㉟紅學論集　潘重規著
㊱憂鬱與狂熱　孫瑋芒著
㊲黃昏過客　沙究著

㊳帶詩蹺課去　徐望雲著
㊴走出銅像國　龔鵬程著
㊵伴我半世紀的那把琴　鄧昌國著
㊶深層思考與思考深層・轉型期國際政治的觀察　劉必榮著
㊷瞬間　周志文著
㊸兩岸迷宮遊戲　楊渡著
㊹德國問題與歐洲秩序　彭滂沱著
㊺文學關懷　李瑞騰著
㊻未能忘情　劉紹銘著
㊼發展路上艱難多　孫震著
㊽胡適叢論　周質平著
㊾水與水神・中國的民俗與人文　王孝廉著
㊿由英雄的人到人的泯滅・法國當代文學論集　金恆杰著
51 重商主義的窘境　賴建誠著
52 中國文化與現代變遷　余英時著
53 橡溪雜拾　思果著

⑤④統一後的德國　郭恆鈺主編
⑤⑤愛廬談文學　黃永武著
⑤⑥南十字星座　呂大明著
⑤⑦重疊的足跡　韓　秀著
⑤⑧書鄉長短調　黃碧端著
⑤⑨愛情・仇恨・政治　朱立民著
・漢姆雷特專論及其他
⑥⓪蝴蝶球傳奇　顏匯增著
・真實與虛構
⑥①文化啓示錄　南方朔著
⑥②日本這個國家　章　陸著
⑥③在沉寂與鼎沸之間　黃碧端著
⑥④民主與兩岸動向　余英時著
⑥⑤靈魂的按摩　劉紹銘著
⑥⑥迎向眾聲　向　陽著
・八〇年代臺灣文化情境觀察
⑥⑦蛻變中的臺灣經濟　于宗先著
⑥⑧從現代到當代　鄭樹森著
⑥⑨嚴肅的遊戲　楊錦郁著
・當代文藝訪談錄
⑦⓪甜鹹酸梅　向　明著
⑦①楓　香　黃國彬著
⑦②日本深層　齊　濤著
⑦③美麗的負荷　封德屏著
⑦④現代文明的隱者　周陽山著
⑦⑤煙火與噴泉　白　靈著
⑦⑥七十浮跡　項退結著
・生活體驗與思考
⑦⑦永恆的彩虹　小　民著
⑦⑧情繫一環　梁錫華著
⑦⑨遠山一抹　思　果著
⑧⓪尋找希望的星空　呂大明著
⑧①領養一株雲杉　黃文範著
⑧②浮世情懷　劉安諾著
⑧③天涯長青　趙淑俠著
⑧④文學札記　黃國彬著

⑧⑤ 訪草（第一卷）

陳冠學 著

本書是作者於田園生活中所見所感之作，內有田園意，有家居圖，有專寫田園聲光、哲理的卷軸。喜愛大自然田園清新景象的讀者，將可從中獲得一份未曾預期的驚喜與滿足；另有一小部分有關人性與人生哲理的文字，則會句句印入您的心底。

⑧⑥ 藍色的斷想
·孤獨者隨想錄ABC全卷

陳冠學 著

本書是作者暫離大自然和田園，帶著深沉的憂鬱面對人世之作。一路上你將有許多領略與感觸，時或有天光爆破的驚喜；但多數時候，你的心頭將披著一襲輕愁，甚或覆著一領悲情。這是悲觀哲學，卻是被熱情、關心與希望融化了的悲觀哲學。

⑧⑦ 追不回的永恆

彭歌 著

本書是《聯合報》副刊上「三三草」專欄的結集。作者以其犀利的筆鋒，對種種社會現象痛下針砭，冀望這些警世的短文，能如暮鼓晨鐘般，在這變亂紛乘的時代，起著振聾發聵的作用。

⑧⑧ 紫水晶戒指

小民 著

俗世間的珍寶，有謂璀燦的鑽石碧玉，有謂顯榮的列鼎封侯。其實生活就是人生最美的寶物，不假外求。非常喜愛紫色的小民女士，以她一貫親切、自然的文筆，輯選出這本小品，好比美麗的紫色禮物，要獻給愛好文學也愛好生活的您。

⑧⑨心路的嬉逐

劉延湘 著

本書筆調清新幽默，論理深刻而又能落實於生活踐履。走一趟作者精心安排的「心路」之旅，您將莞爾一笑，心情頓時開朗。而您也將發現，原以爲只是一條山間小路，結果卻是風景優美、鳥語花香的舒坦大道。

⑨⓪情書外一章

韓秀 著

情與愛是人類謳歌不盡的永恆主題，它爲空虛貧乏的現代生活加添了無數的色彩。本書記錄下了作者在日常生活中感受到的親情、愛情、友情及故園情，在書中點滴的情感交流裏，在這些溫馨的文字中，我們是否也能試著尋回一些早已失去的東西。

⑨①情到深處

簡宛 著

本書是作者旅美二十五年後的第二十五本結集。身爲一個教育家，作者以其溫婉親切的筆調，寫出篇篇充滿溫情的佳構，不惟感動人心，亦復激勵人性。將愛、生活與學習確實的體驗，眞正感受到人生的有情，生命也因此生意盎然。

⑨②父女對話

陳冠學 著

一位老父與五歲幼女徜徉在山林之間，山林蓊鬱，山泉甘冽，這裡自有一份孤獨的甘美。本書是記述作者父女在人世僻靜的一個角落，過著遺世獨立的生活的文學畫。舉世滔滔，這應是一面明鏡，堪供讀者對照。

⑨③ 陳沖前傳

嚴歌苓 著

在好萊塢市場，多少人一夜成名直步青雲，又有多少人一朝雲中跌落從此絕跡銀海。身爲一個中國人，陳沖是經過多少奮鬥與波折，身爲一個聰慧多感的女子，她又是經過多少的心路激盪，才能處於這洶湧波滔中。本書將爲您娓娓道出陳沖的故事。

⑨④ 面壁笑人類

祖慰 著

本書是有「怪味小說派」之稱的大陸作家祖慰，在巴黎面壁五年悟得的佳構。他的散文神遊八荒，情貫萬里，將理性的思惟和非理性的激情雜揉一起。讀其作品旣能吸收大量的科普知識，又可汲取其飄逸文風的美感享受。

⑨⑤ 不老的詩心

夏鐵肩 著

夏先生一生從事文化工作，大半心力都用在鼓勵培植有潛能的青年人，助他們走上文學貢獻之路。而他本身亦創作出不少的長短佳文。本書收錄計有：詩詞小品、散文、方塊評論等。作者一顆不老的詩心，洋溢在篇篇佳構中。

⑨⑥ 雲霧之國

合山 究 著

使中國風土之特殊性獨具一格的，與其說是天地的廣大，不如說是因塵埃、雲煙等而爲之朦朦朧朧的自然空間吧！精氣、神仙、老莊、龍、山水畫、奇書等，其產生是有如何玄妙的根源啊！就以「雲霧」爲起點，讓我們一起走進這美麗幻夢般的世界。

⑰北京城不是一天造成的

喜樂 著

打從距今七百五十多年前開始，北京城走進歷史的繁華紛亂。現在，且輕輕走進史册中尋常百姓的那頁，一盞清茶、幾盤小點，看純中國的挿畫、尋純中國的足跡。由博學多聞的喜樂先生做嚮導，就讓你我在古意盎然中，細聆歲月的故事。

⑱兩城憶往

楊孔鑫 著

霧裏的倫敦、浪漫的巴黎，除此之外，這兩城你可還留有其他印象。本書是作者派駐歐洲新聞工作二十多年的記錄。透過作者敏銳的筆觸，且讓讀者徜徉在花都、霧城的政經社會、文化藝術、風土人情以及歷史背景中。

⑲詩情與俠骨

莊因 著

一顆明慧的善心與眞摯的情感，經過俠骨詩情的鑄煉，將生活上的人情世事，轉化爲最優美動人的文句，呈現出自然明朗瀟脫的風格。文學對於作者而言，不僅是興趣，更是他的生命，但他不泥古而創新，在其文章中俯首可拾古典與現代的完美融合。

⑳文化脈動

張錯 著

「我是一個文化悲觀者，因爲我個人一直堅持某種希臘式的古典禮範，而這種文學或文化古典禮範，已日漸有如夫子當年春秋戰國的禮崩樂壞。」作者就是以這顆悲憫的心，用詩人敏銳的筆觸，深刻而熱切的批判著臺灣的文化怪象。

⑩1 桑樹下

繆天華 著

本書是作者在斗室外桑樹陰的綠窗下寫就的小品散文。作者試圖在記憶的深處，尋回那些感人甚深的、發人深省的、或者趣味濃郁的人文逸事，不惟激勵讀者高遠的志趣，亦能遠離消沈，絕望的深淵。

⑩2 牛頓來訪

石家興 著

本書爲作者三十多年來從事科學工作的心情寫照，包括思想、報導、論述、親情、遊記等等。文中處處流露出作者對科學的執著與熱愛，及超越科學之外的人文情懷，篇篇清新雋永，理中含情，情中有理，爲科學與文學的結合，作了一番完美的見證。

⑩3 深情回眸

鮑曉暉 著

作者生長在一個顚沛流離的時代，雖然歷經千辛萬苦，但行文於字裏行間，卻不見怨天尤人；有的只是對以往和艱苦環境奮鬥的懷念及對現今生活的珍惜，以及世間人事物的觀照及關懷。做爲一本懷舊之作，或是清新的生活小品，本書皆爲上乘之作。

⑩4 新詩補給站

渡也 著

你寫過新詩嗎？你知道如何寫一首具有詩味的新詩？本書是由甫獲得「創世紀四十周年創作獎」的詩人兼詩評論家渡也先生，深入而精闢的剖析一首新詩的形成過程，指導初學者從如何造簡單句到如何寫出一首詩，是一本値得新詩愛好者注意的書。

⑩⑤鳳凰遊　李元洛　著

一生從事古典與現代詩論研究的大陸學者李元洛先生，如何在放下嚴肅的評論之筆，轉而用詩人細膩的筆觸，摹寫山水大地的詑行，以及人生轉蓬的寄悵，書中句句是箴話、處處有眞情，值得您細品。

⑩⑥文學人語　高大鵬　著

忙碌的社會分散了人們的注意力、淡化了人們對身旁人事物的感情，任由冷漠充填在你我四周……而本書的作者以感性的筆觸，表達了自己對身旁人事物的眞心關懷，以平實的文字與讀者分享所遇所感，無疑是給每個冷漠的心靈甘霖般的滋潤。

⑩⑦養狗政治學　鄭赤琰　著

身處地理、政治環境特殊的香港，作者藉由動物的百態來反諷社會上種種光怪陸離的政治現象，在其輕鬆幽默的筆調背後，同時亦蘊含了嚴肅的意義。這一則則的政治寓言，讀之不僅令人莞爾一笑，更具有發人深省的作用，批判中帶有著深切的期盼。

⑩⑧烟塵　姜穆　著

作者是一位出生於貴州的苗族人，卻意外的捲入戰爭。在臺娶妻生子後，所抒發對戰亂、種族及親人的眞誠關懷。內容深沉、筆觸清新，充分顯露在生活的烈焰煎熬下，早已視一切如浮雲，淡泊名利，將其一生的激越昂揚盡付千里煙塵中。

⑽河　宴

鍾怡雯　著

人間繁華的請柬處處，不如赴一場難得的野宴，聽一回水的演奏、看一場山的表演，再來細細品味鍾怡雯爲您端出來的山野豐盛清淡的饗宴——極盡可口的綠、十分道地的藍，以及不加調味料的白。

⑾滬上春秋

章念馳　著

章太炎，這位中國近代史上的思想家、政治家，曾因領導戊戌變法失敗而流亡海外。他雖是浙江餘姚人，卻有大半輩子的歲月是在上海度過。本書是由章太炎的嫡孫章念馳先生，從家族的口述和史料中，完整的敍述章太炎的這段滬上春秋。

⑾愛廬談心事

黃炎武　著

每個人心中都有一枝彩筆，然而在趕遠路、忙上班的歲月裏，杭頭上的日升月降中，像抛來擲去的跳丸，彩筆就這樣褪去了顏色……本書作者在辭去沉重的教職和繁雜的行政工作後，重拾心中的彩筆，爲您宣說一篇篇的文學心事。

⑿吹不散的人影

高大鵬　著

時代替換的快速，不知替換了多少人生舞臺上出現刹那的面孔；而人類，偏又是最健忘的族羣。本書中所收錄的文章，均是作者用客觀的筆，爲曾替人類社會或文化默默辛勤耕耘的「園丁」們，做最眞實的文字記錄。

⑬草鞋權貴

嚴歌苓 著

曾經叱吒風雲的老將軍，是程家大院的最高權威，九個承繼他刁鑽聰明的兒女，則個個心懷鬼胎……一個來自鄉下的伶俐女孩，被命運的安排，走入這權貴世家。威權的代溝、情份的激盪、所有內心的驕傲與傷痛，這會是怎樣的衝突，怎樣的一生？

⑭是我們改變了世界

張放 著

從事文學藝術的工作者是「人類靈魂的工程師」。如果作家不能提高廣大讀者的精神生活品質，而僅爲娛樂人心、滿足人們的好奇和刺激。那麼與馬戲團的小丑或兜售春藥的小販何異？故而作者不禁要問：是我們改變了世界，還是世界改變了我和你？

⑮夢裡有隻小小船

夏小舟 著

日本人參加婚禮愛穿黑色、日本料理味輕單調、日本人性格分ABCD、還有情書居然可以賣……於日本教書的大陸作家夏小舟，在本書除了告訴你作者旅日的見聞趣事外，也且隨她乘坐那夢裏的小小船，航行向那魂縈夢遷的故國灣港中。

⑯狂歡與破碎

林幸謙 著

你可曾聽過溯河魚的傳統？憑著當初離開河源的記憶，激勵著牠們回到了河川盡頭的故鄉。寧願冒著生命的危險，也不願成爲溫暖海洋中的異鄉客。本書作者由溯河魚的傳統，引入海外華人的悲調，一種狂歡與失落、破碎而複雜的心靈面貌。

⑪⑦哲學思考漫步

劉述先　著

同樣的環遊世界旅行，企業家看到的是廣大的市場和商機；觀光客沉迷的是風景名勝和購物；文人墨客則歌詠人類史蹟與造物的奧祕。而哲學家呢？本書作者以其敏銳的邏輯思考，在具體的形象世界中悠遊漫步。期待您經由本書而拓寬自己的視野。

國立中央圖書館出版品預行編目資料

文學人語／高大鵬著. --初版. --臺北市
：三民，民84
面；　公分. --(三民叢刊；106)
ISBN 957-14-2194-4 (平裝)

855　　　　84002261

著作人　高大鵬
發行人　劉振強
著作財產權人　三民書局股份有限公司
臺北市復興北路三八六號
發行所　三民書局股份有限公司
地　址／臺北市復興北路三八六號
郵　撥／〇〇〇九九九八一五號
印刷所　三民書局股份有限公司
門市部　復北店／臺北市復興北路三八六號
重南店／臺北市重慶南路一段六十一號
初　版　中華民國八十四年四月
編　號　S 85289
基本定價　肆　元
行政院新聞局登記證局版臺業字第〇二〇〇號

ISBN 957-14-2194-4 (平裝)